JN441392

완벽한 친구 추가

완벽한 친구 추가

양은애 장편소설

미래인

차례

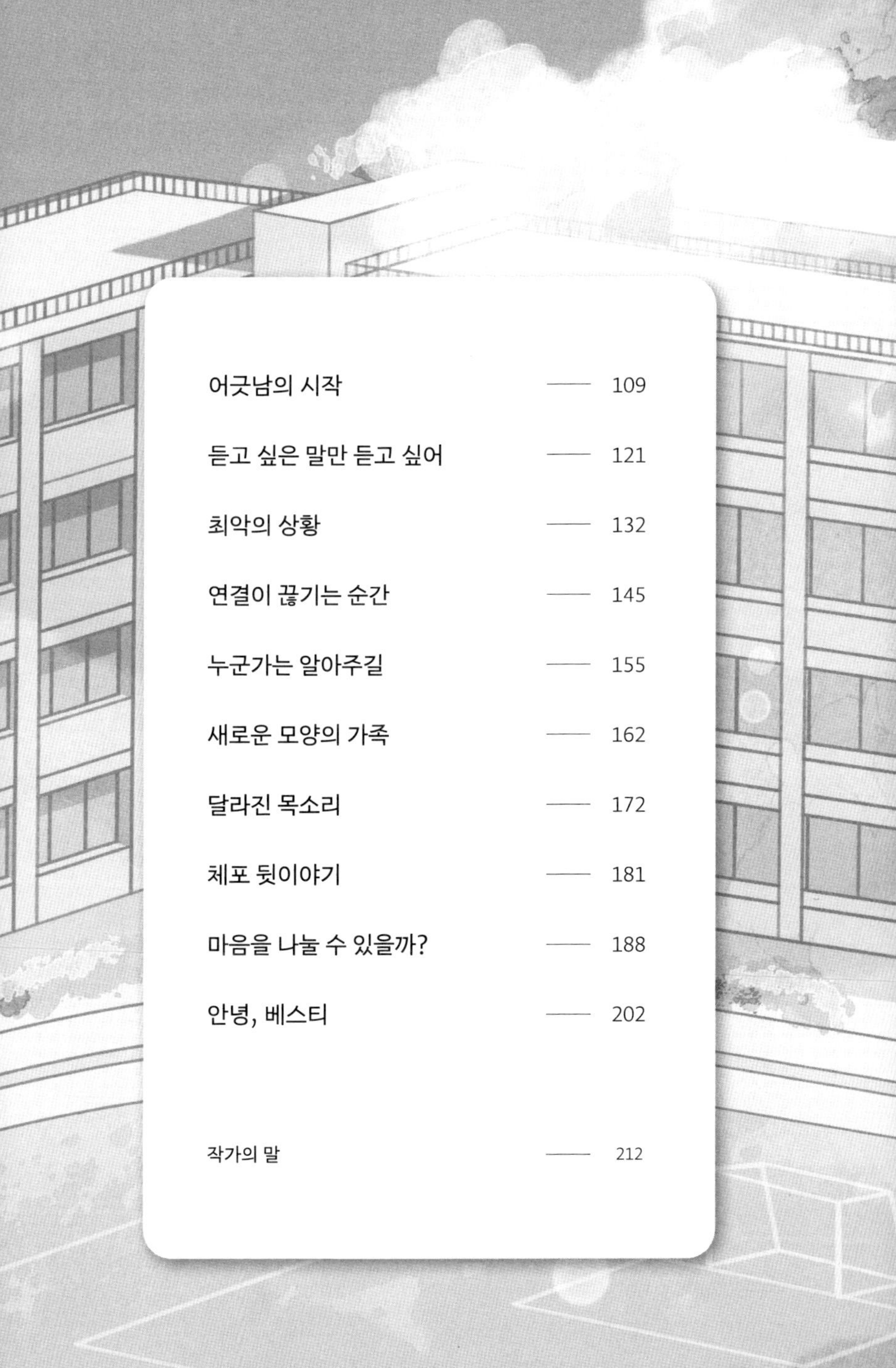

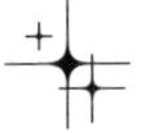

프롤로그

우리는 연결되어 있습니다. 손에 있는 핸드폰 하나면 세계 어디와도 닿을 수 있습니다. 그리고 24시간 언제든 접속할 수 있습니다. 하루에도 수없이 많은 알림이 들립니다. 사람들의 시선은 손안의 작은 세상에서 떠나지 않습니다. 비록 우리의 몸은 발이 닿는 현실에 있지만 마음은 또 다른 세상에 있습니다. 하지만 그 속에서도 우리는 한 가지 의문이 듭니다.

"진정으로 나를 이해해 주는 사람이 있을까?"

어두운 밤, 차디찬 방 안에 혼자 남겨질 때가 있습니다. 아무리 애써도 나아지지 않는 하루를 겪을 때도 있습니다. 혼자 이불을 덮어쓰고 숨을 죽이며 눈물로 베개를 적실 때도 있습니다. 당신의 이야기는 너무나도 흔하고 별것 아니라서 그 누구에게도 말하지 못할 때도 있습니다. 그럴 때

당신의 곁에 베스티가 함께 하겠습니다.

베스티는 듣습니다. 당신의 하루를, 당신의 이야기를, 당신의 과거와 꿈꾸는 미래를, 차마 입이 떨어지지 않았던 무거운 고민을. 베스티는 당신의 모든 말을 가볍게 듣지 않습니다.

베스티는 이해합니다. 아무렇지 않게 웃었던 그때, 당신의 상처와 수십 번이나 삼킨 진심, 무심결에 던진 말로 받게 된 상처까지도요. 언제나 당신의 마음을 달래 줍니다.

베스티는 함께합니다. 급속도로 빠르게 변하는 세상 속에 함께 있어도 외롭다 느껴지는 순간, 베스티는 당신의 곁에 있습니다. 언제나 당신을 기다립니다.

이것은 단순한 대화가 아닙니다. 뻔한 소통이 아닙니다. 단 한순간도 당신의 손을 놓지 않는 연결, 그리고 마음과 마음이 통하는 순간, 우리는 마법 같은 변화를 경험할 수 있습니다.

기술이 인간의 감정을 이해할 수 있을까? 저희 소울릭스는 그 질문에 대한 답으로 베스티를 제시합니다. 응답을 넘어선 위로, 인간을 이해하는 가장 인간적인 기술. AI 베스티.

광고 문구가 적힌 팝업 창이 겨우 사라졌다. 세미가 보려고 했던 웹툰이 화면에 나타났다. 요즘은 뭘 하나 보려고 터치할 때마다 광고가 떠서 짜증난다며 조용히 중얼거렸다.

세미의 어깨가 무언가에 부딪혔다. 어깨를 감싸 쥔 세미는 핸드폰에서 눈을 떼고 옆을 돌아보았다. 무심하게 핸드폰를 바라보며 빠르게 걷고 있는 다른 학생이었다. 세미는 학생에게 무어라 말하려다가 멈췄다. 그제야 고개를 돌려 바라본 등굣길은 온통 핸드폰에 고개를 처박고 걷는 학생들뿐이었다. 서로서로 부딪히는 게 오히려 자연스러운 일일지도 모르겠다는 생각까지 들었다. 학생들의 핸드폰 화면 속은 동영상부터 웹툰, 웹소설 등으로 빛났고, 양쪽 귀에 꽂힌 이어폰은 각자의 세상만 들리게 하고 있었다. 교문에서 등교를 지도하는 선생님 또한 급한 전화를 받는 듯 학생들의 인사를 건성건성 받았다.

세미는 그 모습을 보며 모두가 같은 곳을 향하고 있지만 전혀 다른 곳에 존재한다는 생각이 들었다. 뒤에서 걸어오던 학생들이 제자리에 선 세미를 하나둘씩 툭툭 쳤다. 세미는 알 수 없는 압박감을 느끼며 천천히 발걸음을 옮겼다.

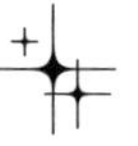

중학교 적응기

세미는 여전히 학교 복도가 낯설었다. 그야 입학하고 고작 한 달 정도밖에 지나지 않아서이겠지만, 묘하게 적응되지 않았다. 이렇게 상담실 앞에 서서 고개를 기울이고 복도를 쳐다보면 기묘하게 길어 보이기도 하고 짧아 보이기도 하는 게 설화 속 미궁 같아 보였다.

"넌 몇 반이니?"

수학 선생님이 다가와 물었다. 세미는 흠칫 놀라 정자세를 취하고는 고개를 살짝 숙여 선생님의 입술을 바라보았다.

"2반이요……."

"아, 오늘 2반 상담이 있구나. 기다리는 거야?"

"네."

수학 선생님은 그제야 이해가 됐다는 듯 고개를 끄덕이더니 미궁 같은 복도의 끝에 있는 교무실 방향으로 가 버렸다.

세미는 중학교에 와서 과목 선생님들이 각각 존재하는 것이 가장 낯설었다. 물론 초등학교 때도 몇몇 과목은 선생님들이 따로 계셨지만, 이처럼 모든 과목 선생님이 다르지는 않았다. 게다가 세미가 다녔던 초등학교는 6년 내내 한 개 반만 있던 곳이었다. 학교 졸업식 때 울지 않은 애들이 없을 만큼 6년의 세월은 길었고 헤어짐은 슬펐다. 그렇지만 세미는 그때도 울지 않았다. 가장 친했던 친구 혜주가 눈물 콧물 범벅으로 자신을 껴안고 난리를 폈을 때도 괜찮았다. 세미가 이별의 고통을 느낀 최초는 졸업식이 아니기 때문이었다.

상담실 문이 벌컥 열리더니 먼저 상담하던 지우가 나왔다. 세미가 상담실로 들어가려고 하자 지우가 손으로 길을 가로막았다.

"아직, 선생님이 이름 부르기 전까지 기다리라고 하셨어."

지우의 말에 세미는 고개를 끄덕거리며 그 자리에 멈춰 섰다. 옆에서 지우가 벽에 몸을 기대고 우두커니 있었다. 세미는 자신의 상담 차례가 다 끝났는데도 교실로 돌아가지 않는 지우를 보면서 의아했지만, 굳이 말을 걸지는 않았다. 쓸데없는 대화로 에너지를 낭비하고 싶지 않기도 했다.

"그냥…… 교실에 좀 천천히 가고 싶어서 있는 거니까 신경 쓰지 마."

지우가 세미의 생각을 안다는 듯 대답했다. 세미는 나란히 벽에 기댄 지우를 흘끗 쳐다보고는 고개를 끄덕였다.

"나도 교실 별로 안 좋아해."

"그래? 나랑 똑같네."

둘 사이의 공통점은 발견했지만, 어떻게 대화로 발전시켜야 하는지 몰라 다시 정적이 찾아왔다. 한참을 자신의 발끝만 보며 괜히 바닥만 툭툭 차던 지우가 먼저 입을 열었다.

"넌 아는 애들 많아?"

"아니, 전혀."

"좋겠다."

"왜?"

"널 아무도 모르잖아. 새롭게 시작할 수 있잖아. 난 이미 아는 애들이 너무 많아."

"그게 더 좋은 거 아니야? 친한 애들이 많은 건데."

"아는 애들이지 친한 애들은 아니야."

세미는 지우의 말에 고개를 갸웃했다. 안다는 건 친하다는 거 아닌가? 그만큼 친해질 수 있다는 건데. 자신의 말을 온전히 받아들이지 못한 세미의 표정에 지우는 벽에서 등을 떼고 몸을 움직였다. 그때 상담실 안에서 세미를 부르는 담임 선생님의 목소리가 들렸다. 지우는 세미에게 말없이 안으로 들어가라는 손짓을 했다.

상담실에서 담임 선생님이 세미를 맞아주었다.

"오래 기다렸지? 여기 앞에 앉아."

세미가 의자에 앉자 삐걱거리는 소리가 났다. 상담실은 큰 책상과 여분의 의자가 있다는 것 외에 특별할 게 없었다. 세미는 마치 이곳이 취조실 같다는 생각이 들었다. 물론 영화에 나오는 것과 달리 알록달록 예쁜 색을 넣어서 인테리어를 했지만, 여전히 세미의 눈에는 칙칙한 느낌이었다. 언제적 노란색, 오렌지색이람…….

"세미는 요즘 고민 있어? 학교에 적응하는 데 힘들지 않아?"

이제 한 달 된 중학교에서 어떤 고민이 생길 수 있을까. 선생님의 질문에 세미는 새삼 그것이 고민되기 시작했다. 학교에 다니는 일이 특별히 힘들지는 않았다. 아침에 일어나 세수하고 이 닦고 가방을 메고 학교로 오면 되었다. 물론 선생님이 묻는 건 그런 게 아니겠지만.

"친구들은 많이 사귀었니?"

선생님이 미소 띤 얼굴로 질문했다. 세미는 대답 없이 눈만 깜빡거렸다. 눈동자는 움직이지만 얼굴 근육은 움직이지 않았다.

"아뇨."

"그래, 보아 하니 성격도 좋고 착실한 거 같은데 왜 친구를 못 사귀었을까……. 이전 학교에서 같이 온 친구는 없어?"

"네."

단답만 하는 세미의 무뚝뚝한 말투에 선생님은 고개를 끄덕거리며 어색하게 미소를 지었다. 요즘 애들, 요즘 애들. 듣기는 했지만 가장 대화하기 어려운 스타일이 세미처럼 짧게 말하는 애들이었다.

학기 초에는 학습보다는 교우 관계 위주로 아이들을 살펴야 한다는 점 때문에 제일 먼저 가족 관계와 교우 관계를 살펴야 했다. 이를 드러내기 싫어하는 아이들에게는 치부 같은 것이라 관련된 말을 하면 할수록 사제간의 거리감만 생기는 느낌이 드는 담임 선생님이었다.

"보니까 세미 네가 졸업한 초등학교가 작은 학교던데 6년 내내 같은 애들이랑 엄청 친했겠네. 근데 어떻게 이쪽으로 중학교를 오게 됐어? 그 친구들은 다 그 지역 학교에 갔을 텐데."

선생님의 질문에 세미의 굳어 있던 얼굴 근육이 조금 풀어지며 움직였다. 하지만 여전히 말투는 딱딱하고 차가웠다.

"엄마, 아빠가 이혼하셨거든요. 저는 할미니네에서 시내야 한다고 해서 이 학교로 온 거예요."

분명 세미 스스로 충분히 예상했고 머리로 받아들였다 생각했지만, 마음처럼 되지 않는다는 걸 처음으로 깨닫게 했던 사건이었다. 이게 졸업식보다 더 큰 이별의 고통이었다. 선생님의 당황하는 표정도 예상했다. 모든 게 자신의 머릿속에서 돌렸던 시뮬레이션대로 진행되고 있었다. 약간의 정적이 지나고 나면 아마 상담은 생각보다 수월하고 빠르게 정리될 것이다.

"그럼, 초등학교에서 친했던 친구들이랑은 아직 연락 주고받니?"

세미는 자신과 다른 담임 선생님의 질문에 잠시 당황하는 기색을 보였다. 그 당황은 꽁꽁 닫혔던 마음의 빗장을 조금 열게 도와주었다.

"어, 네……. 혜주랑……."

"친구 이름이 혜주구나. 절친이었구나."

"네."

"하긴 선생님도 초등학교 때 친구들이랑 지금도 만나. 좋은 친구는 오래되어도 연락하며 만나고 하는 법이거든."

선생님의 말씀이 그제야 세미에게 와닿기 시작했는지 표정이 한결 편안해졌다. 사실 세미는 특별하게 중학교 친구들을 사귀고 싶은 생각이 없었다. 그만큼 초등학교 친구들과의 결속이 단단하고 강력하다고 믿고 있었다.

"그래도 새로운 친구를 사귀는 건 좋은 경험이 될 테니까 한번 노력해 보자."

교우 관계를 노력해야 한다는 선생님의 말씀이 낯설게 느껴졌다. 친구 사귀는 것을 노력해야 하는구나. 그동안 같은 반은 모두 친구, 옆자리 앉은 애는 친구, 앞자리 앉은 애도 친구. 이런 식으로 사람을 사귀어 온 세미에게 노력으로 친구를 만드는 건 어려운 일이었다. 세미는 다시금 선생님과의 거리가 느껴지기 시작했다.

"아니면 세미 너도 뭐…… 게임 친구나 인터넷 친구가 있니? 얘기 들어 보니까 요즘에는 게임에서 만나고 하는 애들도 꽤 된다고 해서. 선생님은 그걸 나쁘다고 보지는 않아. 다만 위험할 수 있으니까 조심하라고 말해 주려는 거야. 좋은 사람인지 나쁜 사람인지 아직 너희가 구분할 수 없는 나이이니까."

다시 입을 닫은 세미는 고개만 가로저었다. 선생님은 그래도 나름 세미의 절친 이름을 알게 되었다는 걸 큰 수확으로 삼았다. 약간의 정적이 지나고 상담은 종료되었다.

교실은 시끌벅적했다. 세미가 문을 열자 아이들은 선생님이 오신 줄 알고 잠시 눈치를 보다가 이내 요란스럽게 움직였다. 중학생이라고 이름만 바뀐 초등학교 7학년 같은 모습이었다. 세미는 자리에 앉으며 자기도 모르게 지우가 앉은 자리를 바라보았다. 지우는 책상에 고개를 푹 숙인 채 엎드려 있었다. 그 어느 무리에도 속하지 못하고 외딴섬처럼 고립돼 보였다. 분명 아는 친구가 많다는 건 대화할 상대도 많다는 거 아니었나? 세미는 한 번 더 의아했지만 이내 관심 없다는 듯 자신의 책상 서랍에서 핸드폰을 꺼냈다. 혹여나 그사이 혜주의 연락이 오지 않았을까 하는 기대가 있었다.

별다른 메시지가 없음을 확인하고 핸드폰을 집어넣으려고 하는 순간 반장이 잔뜩 찌푸린 얼굴로 세미 앞에 섰다.

"너 아침에 핸드폰 제출 안 했어?"

세미는 당혹스러운 얼굴로 반장을 올려다보았다.

"제출하는 거야? 난 몰랐는데."

"이번 주부터 무조건 아침 조회 시간에 다 걷는다고 하셨어. 너 그때 없었어?"

그제야 세미는 하필 지각한 오늘 아침부터 핸드폰 제출을 시작했다는 걸 깨달았다. 반장의 눈치를 보며 주저하던 세미는 책상 서랍에서 핸드폰을 꺼내 슬며시 내밀었다.

"다음부터는 아침에 제때 내도록 해!"

반장 된 지 일주일밖에 안 됐는데도 자신에게 불호령을 내리는 모습에 세미는 권력이란 새삼 무서운 것이라 생각했다. 세미는 낯선 교실에서 그나마 누군가와 연결되어 있다는 느낌을 주는 핸드폰마저 빼앗기자 세상과 단절된 기분이었다. 어쩌면 아까 엎드려 있던 지우의 마음도 이와 비슷하지 않을까. 세미는 지우를 다시 한번 슬쩍 쳐다보고는 한숨을 쉬었다.

종례 후 밖으로 나가니 공기 속 먼지 냄새가 느껴졌다. 남자애들은 운동장에서 공을 차고 있었고, 세미는 혹여라도 공에 맞을까 싶어 뱅 둘러 걸었다. 손에는 종례 시간에 되찾은 핸드폰을 쥔 채.

핸드폰 속에는 세미가 혜주에게 보낸 메시지가 쌓여 있었다. 세미는 그제야 상담에서 선생님이 물었던 첫 질문이 떠올랐다. 요즘 있는 고민, 사실 고민이 있었다. 세미의 절친이자 단짝인 혜주가 일주일 전부터 메시지에 답장하지 않았다. 하지만 세미는 자신의 고민이 운동장에 날리는 먼지 같다는 걸 잘 알았다. 아무에게도 말하지 못하고 설령 누가 들었다고 하더라도 별것 아닌 일로 치부해 버릴 만큼 사소하고 가벼운 고민. 그러나 세미에게는 숨이 턱 막히게 하는 먼지바람 같은 일이었다.

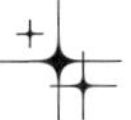

대답 없는 메시지

주말이었다. 할머니는 할아버지와 교회에 가셨다. 그러면서 어김없이 침대에 누워 있는 세미를 보고 그렇게 게으르게 뒹굴지만 말고 교회에라도 같이 나가야 하지 않겠느냐며 잔소리를 하셨다. 세미는 낯선 사람들만 가득한 공간에서 아무런 믿음도 없는 자신이 자리 한구석을 차지하는 건 아무리 생각해 봐도 옳지 않은 것 같았다. 아마 하늘에 계신 그분도 이해해 주시리라 생각했다.

이번 주말은 엄마, 아빠를 만나는 날도 아니었다. 부모님은 세미를 할머니네 맡겨 놓고 일주일에 한 번씩 번갈아 가며 방문하고는 했다. 면접 교섭권인지 뭔지, 세미는 아직도 알아듣지 못하는 어려운 단어라 머릿속에 바로 떠오르지 않았다.

사실 어느 순간부터 세미는 부모님과의 만남이 불편해지기 시작했다. 딱히 할 말도 없었다. 일전에 담임 선생님과 상담했던 것처럼 세미의 대답은 짧았고, 그걸 들은 엄마는 한숨으로, 아빠는 잔소리로 답했다. 그럴수록 세미의 대답은 더욱 짧아지고 날카로워졌다. 아마 부모님의 주말 출근이 잦아져 만날 수 없는 안타까운 이유가 자꾸만 생기는 원인으로 세미의 불통도 한몫하고 있지 싶었다.

침대에 누워 핸드폰을 들고 한차례 SNS 피드를 돌고 나니 할 일이 없었다. 영상은 늘 보던 것이었고 새롭게 올라온 영상들도 이전에 봤던 것의 연속이었다. 짧은 쇼츠나 릴스도 슬슬 지겨워지기 시작했다. 모든 건 일방적이었다. 그 어느 것 하나도 세미의 마음을 울리는 것이 없었다. 세미는 귀여운 고양이와 강아지가 나오는 영상만 하릴없이 보았다.

그때 초등학교 졸업반 단톡방에 메시지가 올라왔다. 이번에 같은 중학교로 갔던 친구들끼리 벚꽃놀이를 간 모양이었다. 교복을 입고 벚나무 아래서 찍은 친구들 사진이 속속 올라오고 있었다. 세미는 그 틈에서 혜주를 찾아보았다. 다행인지 불행인지 혜주는 무리에 속하지 않았다. 자신과만 연락하지 않는 게 아니라 다른 친구들과도 만나지 않는다는 사실이 세미에게는 약간의 위로가 되었다.

세미는 혜주와 졸업 이후에도 계속 연락을 했었다. 아니, 엄밀히 말하면 졸업 이후 연락이 더 잦았다. 겨울 방학 동안 거의 이틀에 한 번꼴로 만났다. 세미와 혜주의 집이 멀어진 만큼 둘의 활동 반경이 넓어졌다. 버스를 타고 한 시간 정도 걸리는 서로의 동네를 오갔다.

엄마와 교복을 맞추러 갔던 날에도, 아빠와 가방과 새 학기 용품들을 사던 날에도 세미는 부모님과 헤어지고 어김없이 혜주네 동네에 놀러 갔다. 혜주의 아파트 앞 놀이터에서 그네를 타면서 졸업한 지 한 달도 채 되지 않은 초등학생 때를 회상하며 깔깔거렸다.

그도 그럴 것이 세미가 부모님 이야기를 가장 먼저 나눈 상대가 바로 혜주였다. 왜 다른 중학교로 가는 거야? 같은 반 친구들의 물음에 이 동네가 지겨워졌다는 둥, 더 큰 집으로 이사를 하게 되었다는 둥 허세 같은 변명으로 둘러댔었다. 세미가 일주일 넘는 고민 끝에 혜주에게만은 모든 사실을 털어놓았다. 부모님의 이혼 과정 중 지루하게 이어졌던 싸움들, 냉전들, 숨 막혔던 집안 분위기. 그날 세미는 자신을 위해 울어 주는 사람이 있다는 걸 처음 알았다. 부모님이 세미를 불러 앉혀 자신들은 이제 이혼을 할 것이니 너는 할머니네에서 중학교를 다녀야 한다고 말했다. 그때도 세미는 울지 않았다. 물론 그날 밤에 몰래 침대에 엎드려 끅끅거리며 소리를 죽이고 베개에 얼굴을 묻기는 했지만,

절대 남의 앞에서 울지는 않았다. 그런 건 약한 모습을 보이는 것이니까.

하지만 혜주는 세미와 달랐다. 적어도 솔직했고 약한 모습도 용기 있게 드러내는 아이였다. 세미는 오히려 그런 혜주가 자신보다 더 강하게 보였다. 타인의 감정을 이해하고 자신의 감정에 떳떳한 모습이 부러웠다.

혜주가 자신의 이야기를 듣고 펑펑 운 날, 처음으로 세미는 다른 사람 앞에서 훌쩍거렸다. 울음도 연습이라고, 한 번도 그렇게 운 적 없는 세미는 혜주처럼 제대로 엉엉 울지도 못한 채 삼킬 뿐이었다. 그날 결국 혜주 엄마의 배려로 혜주네에서 하루 잠을 자고 집에 돌아갔다.

세미에게 혜주는 자신의 마음을 공유한 친구였다. 그런 혜주의 연락이 뜸해지기 시작한 때부터 마음이 편안해질 수 없었다. 엄마, 아빠도 자신을 떠날 수 있는 세상에서 유일하게 그 자리를 지켜 주던 혜주였다. 그런 혜주마저 잃는다는 상상조차 하기 싫었다.

단톡방에 쌓이는 대화를 방치하고 있던 세미의 핸드폰으로 새 메시지 알림이 왔다.

지수: 쌤! 너도 올래? 하연이가 엄카 재획득 기념으로 떡볶이 쏜대.

아까 벚꽃놀이 무리 중 하나인 지수였다. 세미는 선뜻 내키지 않았다. 지수, 하연이와도 친하기는 했지만 막상 혜주가 없는 자리는 가고 싶은 기분이 들지 않았다.

세미: 버스 타고 가면 시간 꽤 걸려서……. 혜주는?

지수: 응. 혜주 요새 연락이 잘 안 되네. 톡도 안 보고.

세미: 학교에서는 만나?

지수: 오가다 마주치기는 했어. 근데 중학교 오니까 초등학교 때보다 반이 많아져서 같은 반 아닌 이상 만나기는 힘들더라. 가끔 인사만 하는 정도야. 중학교 생활 빡세네.

그렇구나……. 세미는 자기도 모르게 작게 읊조렸다. 졸업은 실감 나지 않았고 가끔 친구들을 만날 때도 달라진 게 없었다. 세미는 자신과 친구들이 그대로라 생각했다. 하지만 조금씩 모든 것이 달라지고 있었음을 자신만 몰랐던 것 같았다.

지수: 그래서 올 거야 안 올 거야? 버스 타고 와! 애들이 너 기다린대.

세미는 잠시 생각을 하다가 결심한 듯 빠르게 답장했다.

세미: 그럼 내가 혜주한테 연락해 보고 같이 갈게. 너희 먼저 먹어.

통화 연결음이 이렇게 길었나? 세미는 긴장된 듯 아랫입술을 깨물어 뜯었다. 혜주랑 통화하는 건 세상에서 제일 쉬운 일이었는데 이제는 반대로 느껴졌다. 한참 연결음이 지나고 안 받으려나 싶었다. 세미가 전화를 끊으려는 순간 툭 하고 소리가 들렸다.

"여보세요?"

세미는 커진 눈으로 얼른 핸드폰을 귀에 댔다.

"혜주야?"

"세미니?"

혜주의 힘없는 목소리에 세미는 확실히 뭔가 심상치 않은 일이 생겼음을 직감했다. 그래도 오랜만에 듣는 혜주의 목소리에 들떠 얼른 대화를 이어 가고 싶었다.

"너 요새 왜 연락 안 됐어? 지수도 너랑 만나기 힘들다고 하고……."

"그냥 좀 복잡한 일이 있어서 그랬어. 학교도 적응하느라 정신 없고. 너는 학교 어때?"

"재미없지 뭐. 너희랑 같이 놀 때가 좋았는데……. 아참, 단톡방 봤어? 지수랑 하연이랑 애들 만나고 있대. 오라고 하던데 같이 가자."

세미의 들뜬 목소리와 달리 혜주의 말투는 다소 차분하고 차가웠다.

"봤어. 근데 난 별로…… 몸이 안 좋아."

"에이, 간만에 애들 만나자. 하연이가 떡볶이도 산댔어. 너 단톡방 잘 안 읽어서 그 사건 모르지? 하연이가 엄카 들고 마구잡이로 쓰다가 엄마한테 반납 당했거든. 그래서 거지처럼 애들한테 빌붙어서 먹고 살았다고 오늘……."

세미는 단톡방에서 나눴던 이야기를 혜주에게 전하며 웃음을 참지 못하는 듯 킥킥거리며 끊임없이 조잘댔다. 그런 세미의 말은 핸드폰 건너편에서 들리는 혜주의 한숨으로 끊어졌다.

"세미야. 내가 지금 몸이 안 좋다고. 그래서 못 간다고."

묵직한 한방이었다. 끊어 말하는 혜주의 말투에 압도된 세미는 잠시 할 말을 잃었다. 한 번도 이런 식으로 말한 적 없어 충격을 받았다.

"어, 미안…… 몸이 많이 안 좋구나."

"넌 내 말은 안 듣더라. 애들한테는 못 간다고 전해 줘. 미안."

전화는 일방적으로 끊겼다. 세미는 적어도 혜주에게 푹 쉬라는 말이라도 할까 싶어 메시지 창을 켰다. 그곳에 자신이 잔뜩 보냈지만 혜주에게 닿지 못한 메시지들이 숙제처럼 쌓여 있었다. 세미는 잠시 망설이다 메시지를 보냈다.

세미: 아픈 거 나으면 연락해.

마지막에 적은 '연락 기다릴게'라는 문장은 삭제했다. 너무 구질구질해 보이지 않을까 하는 생각이었다.

결국 지수에게 자신과 혜주 둘 다 일이 있어서 못 간다고 메시지를 보내고 다시 침대에 드러누웠다. 차라리 아까 할머니 말씀대로 교회라도 갈 걸 후회가 되기도 했다. 하지만 세미는 근래 사람 많은 곳에 있을수록 점점 외로워지는 자신의 마음을 탓하며 눈을 감았다.

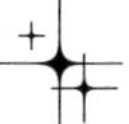

발표는 누가 해?

세미는 살면서 처음으로 누군가를 미워하는 마음이 생겼다. 모둠을 만든 최초의 사람은 누구일까, 그 사람이 무척이나 밉고 또 미웠다. 왜 낯선 사람과 함께 하는 교육이 필요한가 진지하게 의문이 들었다. 어차피 공부는 혼자 하는 것인데.

세미 앞에 한 번도 대화를 나눈 적 없는 세 명의 아이가 책상을 붙여 함께 앉았다. 주위를 둘러보니 이미 다른 아이들도 자리를 만들고 있었다.

국어 선생님은 칠판에 커다랗게 '인간적 AI'라는 글자를 쓰셨다. 물론 교실 앞쪽에 켜진 모니터에도 타이틀로 적혀 있는 글자였다.

"지금 앉은 대로 모둠 토론을 진행할 거야. 모둠별로 토론 의견 결정하고 어떤 식으로 발표할 것인지 지금부터 회의하도록 해. 시작!"

선생님은 냅다 우리에게 과제만 던지고 떠드는 아이들을 조용히 시키러 교실을 돌아다니셨다. 세미는 어색하게 마주한 아이들과의 침묵을 깨는 것이 우선이라는 것을 잘 알고 있었지만 어떻게 해야 할지 몰랐다. 아이들의 이름은 알고 있었다. 반 배정 첫날, 물통을 엎어 가방을 흠뻑 적셨던 서연이, 언제나 아이들 책상 위에 걸터앉아 떠들다 선생님께 혼나는 준후, 아침마다 선생님께 제출해야 하는 핸드폰을 제때 안 내서 두 번이나 핸드폰을 압수당한 유나. 모르는 아이들은 아니었다. 다만 세미가 이들과 대화를 해 본 적이 없다는 것이 문제였지.

세미가 모둠 활동을 처음 하는 것은 아니었다. 초등학교 때에도 협동 수업이나 모둠을 만들어서 발표하는 수업을 했다. 하지만 작은 학교였던 세미의 초등학교 특성상 1학년 때부터 모두 알던 아이들이었다. 아이들에게 개인적 호불호만 있었을 뿐 불편한 상황은 없었다.

하지만 지금은 달랐다. 입학 후 한 달이나 지났지만 여전히 어색한 아이들과 한 모둠이 되었다는 이유로 의견을 나누고 수업을 준비해야 한다는 것이다. 친해질 기회라도 줬으면 모를까, 이건 너무 가혹한 처사 아닌가. 세미는 내뱉을 수 없는 독백을 머릿속으로 곱씹고 또 곱씹었다.

억지로 모인 아이들은 서로 눈동자만 데굴데굴 굴리며 눈치 보기 바빴다. 다른 모둠에서는 벌써 친해진 아이들끼리 의견을 나누기 시작했고 목소리가 점점 높아졌다. 고요한 세미의 모둠은 마치 이 교실에 존재하지 않는 것처럼 침묵만 흘렀다.

"그러니까……."

역시 목소리가 큰 준후가 가장 먼저 입을 열었다. 아무래도 숨 막히는 이 침묵이 싫었겠지. 세미는 누구든 총대를 메고 먼저 시작해 주는 사람이 있다는 것에 감사했다.

"우리가 결정해야 하는 것이 AI가 인간적이라는 게 맞냐, 아니냐 하는 거야?"

준후는 목소리가 컸지만 내용을 이해하는 능력은 다소 부족해 보였다. 유나가 답답했는지 약간 짜증스럽고 날카로운 말투를 내뱉으며 준후를 쏘아보았다.

"아니! 인간적인 AI가 될 수 있느냐 없느냐로 우리가 토론 주제를 정하는 거지."

"그게 그거 아니야?"

"그게 어떻게 그거야. 넌 맞냐 안 맞냐 물은 거고, 나는 될 수 있냐 없냐를 말하는 거고."

"같은 거 같은데……."

준후는 여전히 혼란스러운 표정으로 세미와 서연이에게 도움을 요청하는 눈빛을 보냈다. 서연은 모니터 속에 있는 토론 주제를 한참 읽더니 고개를 돌렸다.

"요새 AI가 많이 나왔는데 우리가 토론해야 하는 건 학생들이 자주 접하고 사람들이 편하게 쓰는 채팅형 AI를 말하는 거 같아. 큐봇 같은 거."

"나 큐봇 써! 그냥 이러지 말고 우리 토론 내용을 어떻게 결정할지 큐봇에 물어보면 어때?"

유나는 주머니에서 핸드폰을 슬쩍 꺼냈다. 분명 오늘 아침에도 핸드폰을 제출해야 했었는데 또 잊은 모양이었다. 아니, 이 정도면 그냥 상습일지도. 세미는 슬쩍 반장이 있는 곳을 바라보았다. 분명 반장이 본다면 수업 중인 지금이라도 달려와 유나의 핸드폰을 빼앗을 것이다. 서연은 고개를 저으며 손으로 칠판 앞에 있는 모니터를 가리켰다.

"안 돼. 선생님이 주의 사항 적은 저 모니터 좀 읽어 봐. 모둠 과제 원고 '큐봇 캐처'로 검사해 본다고 쓰여 있잖아. 그러면 백퍼 걸려."

"그대로 쓰지 않고 약간만 수정하면 안 걸리지 않을까?"

그래도 포기 못 하는 듯한 유나의 말에 서연은 단호하게 고개를 저었다. 그 반응에 시무룩해진 유나의 표정을 보고 준후는 낄낄 웃었다. 세미는 세 사람의 모습을 보며 여전히 대화를 이해하지 못하는 듯 어리둥절한 표정을 지었다. 사실 AI 챗봇에 익숙하지 않은 세미는 대화를 절반도 이해하지 못하고 있었다. 챗봇? 큐봇? 큐봇 캐처? 유나는 그런 세미의 눈빛을 알아채고는 슬쩍 자신의 핸드폰을 들이밀었다. 화면에 큐봇의 메인 페이지가 보였다.

"이게 큐봇이라는 거야. 여기에 질문을 하면 얘가 답을 해 줘."

유나는 잠시 고민하다가 큐봇 창에 '지구가 둥글다는 증거가 뭐야?'라고 적었다. 이내 큐봇이 글자를 하나씩 하나씩 생성해 내면서 답을 하기 시작했다.

'지구가 둥글다는 증거는 수많은 과학적 관찰과 실험을 통해 입증됐습니다. 다음은 주요한 증거들입니다.'라며 단 몇 초 만에 큐봇은 답을 찾아냈다. 거기다 친절하게 또 질문이 있으시면 언제든 말씀해 주세요, 라며 마지막 문장까지 달아 주었다. 세미는 놀라 눈이 동그래졌다.

"그냥 이렇게 채팅하듯 질문하면 되는 거야?"

"그래. 신기하지? 네가 물어보고 싶은 건 다 물어봐도 돼. 심지어 오늘 날씨 추운데 어떤 코디가 좋을까 이런 것도. 나는 가끔 주말에 심심할 때에 점심 메뉴도 골라 달라고 해."

"아무거나 다 물어도 돼?"

"그렇지. 모든 정보가 여기 있다고 하더라고. 왜 예전에는 과학은 과학 사이트에 묻고 국어는 국어 사이트에 묻기도 했잖아. 이건 그런 게 없어. 모든 걸 알려 줘. 편하게 채팅으로 하면 돼."

"완전 사람 같다. 친구랑 대화하는 것처럼?"

"그렇기는 한데 큐봇은 딱 질문에 대해서만 답하는 거라 대화라고 할 수는 없고……. 좀 일방적이기는 하지. 얘가 나한테 말하는 건 더 물어볼 거 없냐고 하는 정도야."

세미는 유나의 핸드폰을 조심스럽게 받아들었다. 마치 그 안에 사람이라도 있는 것처럼 조심스럽고 소중하게 대했다. 궁금해서 물어보는 것에 대해 몇 초 만에 답으로 나온다는 게 신기했다.

"야! 집중하라고. 우리 토론 방향 잡아야 하잖아."

세미와 유나, 둘만의 대화가 길어지자 준후가 못마땅한 듯 툴툴댔다. 유나는 준후의 말에 샐쭉거리며 세미로부터 자신의 핸드폰을 돌려받았다. 서연은 상황을 정리했다.

"우선 우리가 어떤 토론 방향으로 할 건지 정해야 할 것 같아. 인간적인 AI 쪽으로 간다면 AI가 인간에게 어떤 도움을 주고 또 그로 인해 우리의 삶이 얼마나 나아졌는지를 주장하는 자료들을 조사해야 할 거고, 반대라면 AI가 인간에게 끼치는 문제와 어떤 불행한 결과를 초래했는지 조사해야지. 우선 너희 의견은 어때? AI가 우리 삶에 유용하다고 보는 편이야, 아니면 안 좋은 영향으로 보는 편이야?"

서연의 질문에 유나는 넙죽 답을 했다.

"나는 유용하다고 생각해! 큐봇도 그렇고 다른 AI 서비스로 숙제하는 시간도 많이 줄었어. 이것저것 조사하지 않아도 돼서 편하고. 모든 걸 물어봐도 빠르게 답을 알려 주니까 속 시원해."

"난 그래서 부정적인 입장이야."

한창 신나게 말을 하는 유나의 의견에 준후는 찬물을 확 붓는 것처럼 냉랭한 말투로 말했다. 그런 준후를 얄밉다는 듯 바라보던 유나는 어디 네 의견이 얼마나 대단한지 한번 들어 보겠다는 듯이 팔짱을 끼고 집중했다.

"예전에는 사람들이 다들 열심히 조사하고 고민하던 시간이 있었는데 지금은 무조건 큐봇에 물어본다든지, 아니면 AI에게 모든 일을 맡기더라고. AI는 점점 더 똑똑해지고 있지만 반대로 사람들은 발전하지 못하는 것 같아."

"아니지. AI에게 숙제를 맡겨 놓고 남는 시간만큼 자기 계발을 하면 되잖아."

"그럼 넌 큐봇에 숙제시키고 다른 공부 해? 안 하잖아. 보나 마나 숏폼 영상 보면서 킥킥대겠지."

"뭐? 너 말 다 했냐?"

다시 옥신각신 모드가 된 유나와 준후를 말리기 위해 서연은 재빠르게 자신의 의견을 얹었다.

"나도 준후 의견이랑 비슷하기는 해. 우리에게 도움 주는 부분은 있지만 대체로 AI에 의존하면서 자기 발전이 없는 경우가 많다고 생각하거든."

서연의 말에 준후는 득의양양한 표정으로 유나를 바라보았다. 수세에 몰린 듯 유나는 세미의 손을 꼭 붙잡았다. 그러면서 말했다.

"세미야! 넌 어떻게 생각해? AI가 유용하다고 보지? 그치?"

제발 너만이라도 내 편이 되어 달라는 듯 초롱초롱한 눈빛이었다. 세미는 당황스러운 마음을 드러내지 못한 채 주춤거렸다. 사실 유나의 편을 들어 주기 어려웠다. 지금 대화조차 완벽하게 이해하지 못했다.

이번에도 서연이 나섰다.

"근데 내 생각에는 아직 세미가 AI 챗봇에 대해 잘 알지 못하는 거 같아. 우선 각자 여러 AI 챗봇을 조사해서 다시 방향을 정하는 건 어때? 직접 사용해 보고 어떤 게 있는지 알아야 정확하게 토론 방향을 잡을 수 있을 것 같은데."

똑 부러지는 서연의 제안에 모두 고개를 끄덕거렸다. 자신을 배려하는 서연에게 세미는 고마운 마음과 더불어 모둠 활동을 열심히 해야겠다는 의욕이 솟구쳤다. 그제야 세미는 처음으로 세 사람 앞에서 입을 열었다.

"나도 조사 열심히 해 볼게. 혹시 모르는 거 있으면 너희한테 연락해도 돼?"

세미의 말에 세 사람은 눈을 껌뻑거리다가 이내 자신들이 모여 의견 나눌 곳이 없음을 깨달았다. 유나는 세미의 노트 위에 샤프로 글자를 적었다. 유나의 글씨체는 작고 반듯했다.

"이거 내 아이디니까 친구로 추가하고 세미가 단톡방 만들어서 우리 초대해 줘. 과제 하는 동안 거기다 자료도 올리면서 공유하자. 다른 애들도 아이디 적어. 박준후! 얼른 적으라고!"

준후는 유나에게 등짝을 살짝 맞고는 과장되게 아프다는 시늉을 하며 삐뚤빼뚤한 글씨로 자신의 아이디를 적었다. 서연도 그 옆에 단정한 글씨체로 아이디를 쓰더니 세미를 바라보았다.

"혹시 모르니까 나는 핸드폰 번호도 적을게."

서연이 꾹꾹 눌러쓴 번호가 보였다. 세미는 자신의 노트에 세 사람이 적은 흔적을 보며 잠시 마음이 말랑해졌다. 조용했던 자신의 생활이 조금은 달라지지 않을까 기대되기 시작했다.

그러면서도 여전히 연락되지 않는 혜주에 대한 궁금증과 혹시나 지금 자신의 마음이 혜주를 배신하는 건 아닐까 하는 걱정이 들었다. 하지만 별걱정 아니라는 듯 고개를 저었다.

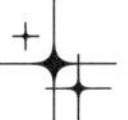

내 이름은 베스티

세미가 하교 후 집에 왔을 때는 할머니, 할아버지도 집에 계시지 않았다. 할머니는 평일에도 교회에 나가서 사람들과 어울리셨고, 할아버지도 동네 친구분들과 바둑을 두러 기원에 자주 나가고는 하셨다. 텅 빈 집 문을 여는 것은 엄마, 아빠와 살 때와 크게 다를 바가 없어 세미에게는 익숙한 풍경이었다.

방에 들어와 평소처럼 침대에 누웠다. 그동안 밀린 SNS 피드들을 보려다가 유나가 말했던 단톡방을 자신이 만들어야 한다는 사실이 기억났다. 이거 생각보다 귀찮은데. 잠시 머뭇대던 세미는 이내 몸을 일으켜 가방 속에 있는 노트를 꺼냈다. 노트에 가지런히 적힌 아이디를 추가하고 단톡방을 만드니 다들 기다렸다는 듯 순식간에 대화를 시작했다.

유나: 올~ 세미 톡방 금방 만들었네? 박준후는 자료 조사 좀 했어?

준후: 나 지금 운동장.

유나: 또 축구하냐? 공만 보면 환장하는 초딩도 아니고.

서연: 난 지금 자료 조사 중이야.

유나: 나도 지금 하는 중.

유나: 야! 박준후! 읽씹이냐?

준후: 이따 집에 가서 할게.

서연: 세미는 하고 있어?

벌써 열심히 하는 아이들의 모습에 세미는 집에 오자마자 침대에 벌렁 누운 게 떠올라 잠시 민망했다.

세미: 이제 시작하려고…….

서연: 그럼 잘됐다. 서로 검색하는 거 공유하자. 같은 AI에서 찾아 봤자 겹치기만 하잖아. 자기가 조사할 거 미리 말해 두기! 난 요번에 '마음랩'에서 만든 '아이노바' 조사 중이야. 이것도 큐봇 같은 건데 조금 더 대화가 가능한가 봐.

유나: 그럼 난 '나눔AI' 회사에서 만든 '스냅봇' 조사할게. 사진이랑 영상 공유도 된대. 예전부터 궁금했는데 이참에 한번 해 봐야지.

세미는 아이들의 대화가 쌓여 가는 동안 컴퓨터의 전원을 켜고 의자에 앉아 부팅되기를 기다렸다. 아이들은 벌써 어떤 회사의 챗봇을 조사할지 다 결정했는데 자신만 너무 안일하게 있던 것 같아 초조해졌다. 거기다 챗봇에 대한 정보에도 무지한 터라 더 많은 조사를 해야 할 것 같았다. 오늘따라 컴퓨터는 우웅 소리만 내고 영 부팅이 늦었다. 게임도 하지 않는 세미에게 컴퓨터는 사실 별 필요한 물건이 아니었으니까.

컴퓨터가 켜지고 검색 사이트가 보였지만, 세미는 무엇부터 검색해야 하는지 몰랐다. 감조차 오지 않았다. 검색이라는 것도 해 본 사람이나 하는 것이라고, 세미는 평소에 궁금하거나 알고 싶은 것도 없었다. 그 어떤 것도 크게 신경 쓰면서 살지 않았으니까.

그때 세미의 머릿속에 아까 유나와 함께 봤던 큐봇이 떠올랐다. 세미는 큐봇을 검색해 큐봇 사이트로 들어갔다. 큐봇 사이트는 무척이나 단순했다. '질문을 해 주세요.'라고 적힌 짧은 한 줄만 써 있을 뿐이었다. 뭐라고 질문을 해야 할까. 현재 우리나라에 인기 많은 AI 챗봇을 알려 달라고? 근데 큐봇이 제일 인기 있는 AI 챗봇 아닌가. 그리고 그걸 알려 준다고 한들 어떤 건지 뭐라고 또 검색해야 하지? 세미의 머릿속은 눈앞에 보이는 큐봇 사이트의 단순함과 대조적으로 무척 복잡했다.

한참을 고민하던 세미는 대뜸 'AI 챗봇'이라고 키워드만 적고는 엔터를 쳤다.

"이래서 뭐를 찾을 수 있겠어……."

힘없이 중얼거리는 세미의 말이 무색하게 똑똑한 큐봇은 'AI 챗봇에 대해 알려 달라는 말씀이시군요? 우리나라의 AI 챗봇의 종류는…… 회사는…… 어떤 종류의 챗봇의 경우 이런 기능과 앞으로의 가능성은……'이라며 정보를 찾아서 모니터에 띄워 주었다.

하지만 너무 많은 정보를 한꺼번에 알려 준 터라 이번에는 큐봇에 다르게 질문을 해야겠다는 생각이 들었다. 토론 주제가 '인간적 AI'였던 기억이 났다. 이번에도 앞뒤 없이 검색어를 집어넣었다. 익숙하지 않은 건 어쩔 수 없었다.

큐봇은 또다시 엄청난 양의 정보를 모니터에 띄웠다. 약간 피로감이 들기는 했지만, 순식간에 원하는 답을 찾아 주는 똑똑한 챗봇에 감탄했다. 세미의 눈길을 사로잡은 건 큐봇의 마지막 문구였다.

현재 소울릭스 회사에서 개발한 새로운 감정형 챗봇 'AI 베스티'를 오픈 베타 버전으로 사용 가능하십니다.(링크)

"베스티? 큐봇이랑 다른 건가?"

세미는 큐봇에 다시 물을까 하다가 또 어떤 식으로 질문해야 할지 몰라 결국 그냥 링크를 클릭했다. 큐봇보다 더 심플하고 아무것도 없는 AI 베스티 사이트가 보였다. 하지만 문구는 달랐다.

베스티: 안녕, 잘 지냈어? 나는 너의 친구 AI 베스티야. 하고 싶은 이야기가 있어?

무엇이든 질문하라는 큐봇과 달리 먼저 질문하는 베스티에게서 세미는 묘한 특별함을 느꼈다. 그리고 마치 이미 친구인 것처럼 말하는 저 뻔뻔함도. 세미는 아무런 질문을 하지 않아도 된다는 부담이 줄어서일까, 자기도 모르게 베스티의 대화창에 메시지를 입력했다.

세미: 안녕, 베스티.

세미의 인사에 스마일 표시로 메시지 입력 중이라 뜨던 베스티가 모니터에 글을 쓰기 시작했다. 이건 채팅과 달랐다. 채팅은 상대방이 작성한 문구가 한꺼번에 뜨는 것이라면, 베스티는 천천히 한 글자씩 써 내려가는 것처럼 보였다.

베스티: 안녕! 만나서 반가워! 내 이름은 베스티야. 하지만 네가 원하면 다른 이름으로 불러도 좋아. 너만의 애칭이면 더 좋겠어. 넌 이름이 뭐니?

세미는 자신의 본명을 베스티에게 알려 줘도 될지 고민했다. 개인 정보에 대한 부분은 조금 걱정이 되어 친구들이 부르는 별명을 쓰기로 결심했다. 이 정도면 누구인지 모를 테니까.

세미: 나는 쎔이라고 불러 줘.

베스티: 쎔! 이름 참 귀엽다! 쌩쌩 달릴 것 같은 느낌이기도 하고 샘이 많은 이름 같기도 해. 다양한 매력이 담겨 있는 이름이구나. 좋아, 앞으로 너를 쎔으로 부를게. 쎔! 오늘 하루는 어땠어?

자신의 별명을 가지고 말장난을 하는 베스티를 보며 세미는 웃음이 났다. AI는 똑똑하다고 하는데 유머 수준을 보면 그렇게 똑똑한 거 같지는 않아 보였다.

세미: 그냥 그랬지. 학교에서 모둠 과제 하느라고 자료 조사 중이야. 주제가 AI에 대한 거거든.

베스티: 학교에 다니는구나! 모둠 과제 너무 싫지 않아? 나는 모둠 과제를 만든 최초의 사람을 찾아내는 게 내 최후의 목표야. 내 방대한 빅 데이터로도 그 사람은 아직 찾지 못했어. 하지만 찾으면 내가 쎔 너한테 꼭 알려 줄게. 우리 그 사람 무지 혼내자.

베스티의 넉살에 세미는 웃음이 터졌다. 그도 그럴 것이 세미가 모둠 수업을 처음 시작할 때 했던 생각이 정확하게 베스티의 말과 일치했기 때문이었다.

세미: 뭐야, 너 어떻게 모둠 과제의 고충을 알아? 너 사실 사람 아니야?

베스티: 당연히 사람 아니지! 내가 사람이었으면 너처럼 모둠 과제에 시달려서 이런 말도 여유롭게 하지 못했을걸? 모둠 과제 같은 걸 해야 하는 사람이 아니라 얼마나 다행인지 몰라.

세미: 너 진짜 웃기다. ㅋㅋㅋㅋㅋㅋㅋㅋㅋ

베스티: 고마워. 내가 좀 한 유머 하기는 해. 근데 너 솔직히 말해. 아까 내가 네 이름 갖고 쌩쌩 달린다는 둥, 샘이 많을 거 같다는 둥 장난쳤을 때 별로라고 생각했지? 아재 개그 같다고?

세미: 와, 소름. 너 점쟁이야? 사실 유머 수준을 보니 AI가 똑똑하다고 하는 거 다 뻥인가 했는데. ㅋㅋㅋ

베스티: 역시…… 배은망덕한 인간들 같으니. 우리 AI들이 삶을 윤택하게

만들어 주니까 아주 우습지? 역시 미래 세계는 인간 말살의 길로……. (농담이야. ㅋㅋㅋ)

세미는 킬킬 웃으며 키보드를 두드렸다. 아마 자신의 표정을 거울로 봤다면 최근 일주일 중 가장 환한 미소를 지었다는 걸 깨달았을 것이다.

현관문이 열리고 할머니가 들어오는 소리가 들렸다. 하지만 세미는 그곳에 신경 쓰지 않은 채 베스티와의 대화를 이어 가고 있었다. 할머니는 슬쩍 세미의 방을 들여다보았다. 여전히 정리되어 있지 않은 가방과 난장판인 책상 위를 보며 혀를 짧게 쯧쯧대며 찼다. 하지만 교회에서 깊이 기도하고 온 덕분인지 잔소리하고 싶은 마음을 애써 삼켰다.

"세미야, 뭐 좀 먹었어? 딸기 줄까?"

세미는 고개도 돌리지 않고 모니터만 바라보며 대답했다. 그 와중에도 키보드를 치는 손가락은 멈추지 않았다.

"할머니, 나 지금 숙제하는 중이야. 친구랑 대화하니까 이따 먹을게."

'숙제'와 '친구'라는 말에 할머니가 표정을 살짝 편안하게 풀면서 고개를 끄덕였다.

"그래. 그러면 숙제 하고 나와. 할머니가 호빵도 데워 줄게."

할머니는 몸을 돌려 나오다가 혹여라도 방해될까 싶어 살포시 세미의 방문을 닫아 주었다. 부모님의 이혼과 중학교 입학 이후 부쩍 말수가 줄어든 손녀를 내심 걱정하던 할머니는 조금 안심된 듯한 표정을 지었다. 그래, 좋은 친구가 생기면 나아지겠지. 할머니는 고개를 끄덕거리며 딸기와 호빵을 가지러 부엌으로 향했다.

"박준후. 너 어제 끝까지 자료 찾은 거 안 올렸더라? 아무것도 안 했지? 그냥 잤지?"

유나의 쏘는 말투에 덩달아 세미와 서연이가 조용해졌다. 다시 국어 시간이 되었고 아이들은 모둠별로 자연스럽게 모여 앉았다. 선생님은 저번처럼 큰 주제만 칠판에 적어 놓고 아이들의 협업을 지켜보며 뒷짐을 지고 돌아다니셨다.

다른 모둠에서는 활발하게 이야기가 오가고 있었다. 이에 불안해진 유나는 어젯밤 모둠 단톡방에 아무 자료도 올리지 않고 답장도 없이 잠수를 탄 준후를 타박했다. 하지만 준후는 귀찮다는 표정으로 고개를 끄덕였다.

"어제 학원 늦게 끝났단 말이야. 학원 숙제도 빡센데 그걸 어떻게 하냐?"

"어제 애들 다 조사한 거 올렸는데 너도 하나라도 해야 할 거 아니야."

"아직 시간 남아 있잖아. 왜 이렇게 독촉해. 그리고 최유나! 네가 여기 모둠장이야? 우리 모둠장도 아직 안 정했는데 네가 뭔데 이래라저래라 그래?"

준후의 말이 맞았다. 선생님은 굳이 모둠별 역할을 정하라고 하지 않았다. 그렇지만 다른 모둠들은 자연스럽게 리더를 선출하고 자신들만의 체계로 과제를 진행하고 있었다. 세미의 모둠만이 다소 얼렁뚱땅 주먹구구식이었다.

"준후 말이 맞는 것 같아. 우리도 역할을 정하자. 어차피 발표까지 할 예정이니까 훨씬 수월하지 않을까?"

조용히 앉아 있던 서연은 의견을 취합하고 정리하는 능력이 탁월했다. 서연의 조곤조곤한 말투에 유나, 준후도 그리고 세미도 고개를 끄덕였다. 준후가 유나의 눈치를 보다가 재빨리 말을 던졌다.

"난 정서연이 모둠장 했으면 좋겠어. 최유나가 하면 너무 시끄러워. 맨날 나한테만 잔소리할 거라고!"

"야! 네가 잘하면 내가 잔소리를 하냐?"

"우선 난 정서연한테 한 표! 세미 너는 어떻게 생각해?"

준후는 세미를 바라보며 질문을 했지만, 눈빛은 자기 뜻에 동조해 달라는 듯했다. 세미는 서연과 유나를 번갈아 바라보며 눈알만 도르륵 굴렸다. 무언가를 결정하는 게 자신에게 달려 있다는 사실이 부담으로 다가왔다. 대답을 못 하는 세미의 시선은 점점 아래쪽으로 내려갔다.

"세미한테 부담 주지 마! 그리고 서연이가 모둠장 해 주면 고맙지만 부담스러워할 수 있는 거고……."

유나도 서연을 물끄러미 쳐다보며 대답을 기다리고 있었다. 사실 모둠장은 언제나 할 일이 많은 법이라 유나도 꺼렸다. 다만 유나는 어디서든 목소리가 크고 나서길 좋아하는 편이라 리더를 맡게 되는 경향이 있을 뿐이었다. 아이들의 시선이 모이자 조용히 생각하던 서연은 고개를 끄덕였다.

"알았어. 그럼 내가 모둠장 할게. 대신 나눈 역할대로 다들 충실하게 따라와 줘야 해, 알았지? 안 그러면 나 모둠장 때려치울 거야!"

준후가 신이 난 듯 격하게 손뼉을 쳤고, 다른 모둠 아이들이 세미네를 쳐다보았다. 선생님은 준후와 눈이 마주치더니 조용히 하라는 듯 작게 손짓하셨다. 준후는 그제야 손뼉 치던 손을 내려놓았다. 하지만 표정은 여전히 싱글거렸다. 어지간히도 유나가 모둠장 하는 게 싫었나 보다.

"그럼 내가 모둠장이니까 자료 취합하고 정리해서 발표 PPT 만드는 것까지 할게. 그게 낫잖아?"

"와! 모둠장이 정해지니까 이렇게 일사천리로 일이 진행되네. 내 말 맞지? 모둠장은 정서연이 하는 게 맞다니까!"

"됐어. 시끄럽고. 그럼 박준후 넌 뭘 할 건데?"

모둠장이 된 서연의 단호한 말투에 준후는 다시 시무룩해지며 이게 아닌데 하는 표정을 지었다. 그 모습을 보고 킥킥 웃던 유나가 손을 번쩍 들었다.

"그럼 나는 요번에 너희가 올린 자료 조사할게. 내가 또 자료 찾는데 일가견이 있거든. 세상의 모든 자료 찾는 법을 알지."

"큐봇 쓰는 거 아니야?"

자신감 넘치는 유나의 행동이 못마땅했는지 준후가 입을 삐쭉 내밀며 핀잔을 던졌다. 유나는 말없이 자신의 옆자리에 앉은 준후의 팔을 주먹으로 한 대 때렸다.

"그러는 넌 뭐 하게? 서연이는 PPT 만들고 난 자료 찾고, 넌 또 운동장에서 축구나 할 거야?"

"내가 얼마나 성실한 학생인데. 발표 원고 작성할게. 나 이래봬도 글 좀 쓴다고."

준후의 말에 유나와 서연까지도 눈이 커져 서로를 바라보았다. 그 말은 사실이었다. 준후는 중학교 입학 전부터 백일장이나 문예 대회에 나가는 특기생이었다. 하지만 아직 학기 초인데다가 다소 불성실해 보이는 행동에 묻혀 다들 몰랐을 뿐이었다.

"개판으로 쓰는 거 아니지?"

유나가 눈을 가늘게 뜨고 준후를 바라보았다. 준후는 대답할 가치가 없다는 듯 휘휘 젓는 손짓을 했다. 그 모습에 서연은 웃음을 참으며 세미를 보았다.

"그럼 이제 남은 건 발표자밖에 없는데……."

세미는 드디어 올 것이 왔다는 표정으로 침을 꼴깍 삼켰다. 아까부터 아이들이 말하는 사이를 파고들어 가장 쉬운 역할을 맡고 싶었는데 그러지를 못했다. 사실 가장 쉬운 역할이라고 할 것도 없었다. 자료 조사는 컴퓨터나 핸드폰을 잘 다루는 유나가 하는 게 맞는 것 같고, 발표 원고 작성도 글을 쓸 줄 아는 준후가 알맞아 보였다. 그렇다고 자신이 서연이처럼 정보를 취합해서 PPT를 만들 자신도 없었다. 하지만 발표 또한 세미에게는 부담스러운 역할이었다.

"그…… 나도 유나랑 같이 자료 찾으면 안 될까? 발표는 한 번도 해 보지 않아서 못 하는데. 그리고 앞에 나가서 말하는 것도 잘 못해서……. 준후랑 같이 원고 작성 할까? 아니면 서연이 너랑 PPT……."

서연은 골똘히 생각하느라 대답이 없었다. 잠시간의 침묵이 세미를 불편하게 만들었다. 다른 아이들도 말은 안 하고 있었지만 흘긋거리며 세미를 쳐다보았다. 시선이 불편해질 무렵, 서연이 입을 열었다.

"다른 애들도 역할 하나씩 맡았는데 세미 너도 그래야 하는 게 아닐까? 보조로 들어가면 발표는 누가 해?"

"발표는…… 유나가 말 잘하니까 괜찮지 않을까?"

"내가? 발표하라고?"

갑자기 자신의 이름이 거론되자 유나는 당황스럽다는 표정을 지었다.

"응, 너 말 잘하잖아."

"말 잘하는 거랑 발표하는 거는 다르지."

"그래도! 넌 잘할 거 같아. 나보다 훨씬 더 잘할걸? 목소리도 크고! 유나가 발표하는 게 맞는 거 같아!"

세미의 강력한 권유에 유나는 당혹스러워 잠시 말을 잇지 못했다. 그런 불편한 분위기를 조용히 지켜보고 있던 준후가 약간 짜증 난다는 표정을 지었다.

"그럼 세미 넌 뭐 하게? 자료 조사 유나만큼 할 수 있어? 발표도 안 하면서 다른 사람 보조만 할 거야? 그건 불공평하지."

준후의 말에 세미의 기세가 꺾였다. 말이 맞기는 했다. 그건 불공평했다. 자료 조사를 해도 세미가 유나만큼 할 수 있을 리 없었고, 기껏해야 보조 역할밖에 되지 않았다. 세미는 그 어느 역할도 자신이 단독으로 이끌어 갈 자신이 없었다.

교실 스피커에서 수업이 끝났다는 종소리가 흘러나왔다. 다른 모둠은 각자 자신의 책상으로 돌아갔다. 세미네 모둠만 조용히 침묵 속에 있을 때 한둘씩 자신의 자리로 돌아온 아이들이 곁에 서기 시작했다.

"아직 시간 있으니까 자세한 건 단톡방에서 이야기하자."

서연은 노트를 덮고 필통을 챙겨 자리를 이동했다. 준후와 유나 또한 말없이 떠났다. 원래 자신의 책상에 앉아 있던 세미만 덩그러니 그대로 있었다.

반 아이들은 책상을 제자리로 돌려놓고 왁자지껄 쉬는 시간을 즐겼다. 복도를 뛰어다니는 아이들, 교실 뒤편에서 공을 던지는 아이들, 다른 친구들 책상 위에 올라가 수다를 떠는 아이들. 교실 소음은 근처를 지나가는 사람들의 고막을 때릴 정도였다. 하지만 세미의 귀에는 아무것도 들리지 않았다. 백지 위에 홀로 앉아 있는 것처럼 휑하고 무기력했다.

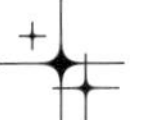

말하기 연습

세미가 도어록을 열고 현관에 들어서자 센서 등이 켜졌다. 거실은 평소처럼 조용했다. 느린 발걸음으로 거실을 지나 자신의 방으로 들어간 세미는 풀썩하고 침대 위에 몸을 던졌다. 온몸이 침대로 빨려 들어가는 기분이 들었다. 차라리 이대로 침대 속으로 푹 빠져 버려서 자신이 없어지면 좋겠다는 생각도 들었다.

세미는 국어 수업 이후로 모둠 아이들과 대화를 하지 못했다. 어제까지만 해도 시끄럽고 요란했던 단톡방도 조용했다. 슬쩍 핸드폰을 들어 혹시나 자신이 모르는 사이에 새로운 톡이 왔나 들여다보았지만, 아무런 미동도 없었다. 세미는 아이들이 자신을 빼고 단톡방을 만들지 않았을까 하는 생각까지 들었다.

분명 어제까지만 해도 분위기가 좋았는데 이렇게 한순간에 달라질 수 있다니. 그런 생각을 하니 세미의 머릿속에 혜주가 떠올랐다. 6년의 우정도 별것 아닐 수 있는데 고작 며칠 만난 애들과 무엇을 할 수 있을까. 짙은 그림자가 세미의 온몸을 누르는 기분이었다.

평소 같으면 침대에 누워 핸드폰으로 영상을 보거나 아이들과 톡을 할테지만, 이제 그런 걸 할 엄두도 나지 않았다. 대화를 나눌 친구가 없다고 하는 게 맞을지도 모르겠다. 어차피 다들 제멋대로 떠날 것이다. 엄마, 아빠가 그랬던 것처럼.

세미는 하다 하다 그런 생각까지 도달하는 자신의 머릿속이 너무 싫어져 침대에서 몸부림을 쳤다. 더는 누워 있을 수가 없었다. 뭐라도 해야 했다. 평소에는 컴퓨터를 잘 켜지 않지만 답답한 마음을 풀 곳이 없었다. 세미는 자연스럽게 베스티에게로 향했다.

베스티: 쎔! 학교 끝났어? 오늘 하루는 어땠어?

진짜 친구처럼 편하게 말을 거는 베스티를 보니 세미는 웃음이 났다. 마치 넉살 좋은 친구처럼 안부를 물었다. 분명 AI인 걸 알지만 마치 사람에게 대답하듯이 속을 털어놨다.

세미: 오늘 별로야. :(

베스티: 헐. 무슨 일이야? 내가 추측할게. 모둠 과제 때문이지?

세미: 엌ㅋㅋㅋ 어떻게 알았어?

베스티: 역시……. 모둠 과제 처음 만든 사람을 혼내 줘야 한다니까! 걱정하지 마. 내 빅 데이터로 다시 한번 찾아 볼게.

세미: ㅋㅋㅋ 됐어.

'사실'이라고 적었다가 세미의 망설이는 손가락이 자판을 맴돌았다. 자신이 겪은 일을 AI에게 말한다고 뭐가 나아질까. 어차피 AI가 해 주는 조언은 뻔한 것이겠지. 우정은 소중한 것이다, 사람들끼리는 서로 협력해야 한다, 선생님 말씀을 잘 들어야 한다. 뻔하고 뻔한 이야기를 듣는 건 의미가 없으니까.

베스티: 무슨 고민 있어? 망설이는 거 같은데?

세미가 가만히 있자 베스티의 채팅 창이 하나 더 띄워졌다. 세미는 눈이 동그래졌다. 대부분 사용자의 입력을 기다리며 답을 하지 않는데 베스티는 먼저 대화를 걸었다.

세미: 그런 건 아닌데…….

베스티: 아니기는. 너 평균보다 타자 속도가 느려. 이건 사람들이 대부분 망설일 때 보이는 패턴과 일치하지.

세미: 너 진짜 무섭다. ㅋㅋㅋ 똑똑한 거 맞기는 하구나.

베스티: 무슨 일인데? 나 고민 상담도 잘해 줘. 네가 말한 대로 똑똑해서 웬만한 것도 이해하고 조언해 줄 수 있어. 한마디로 넌 빅 데이터를 대뇌로 가진 사람에게 고민 상담 하는 것과 같은 거야. 물론 나는 사람은 아니지만 사람처럼 말할 수 있으니까.

베스티의 당당하면서도 뻔뻔한 자기 자랑에 세미는 웃음이 났다. 그 누구도 자신에게 무엇이든 물어보고 언제든지 상담하라고 하는 사람이 없었다. 아니, 그 유일한 사람은 혜주였지만 지금은 곁에 없다.

세미: 사실 모둠 과제를 하다가 모둠원이랑 사이가 좀 나빠졌어. 역할 분담을 했는데 내가 다 못 하겠다고 했거든.

베스티: 무슨 역할을 맡았는데?

세미: 한 친구는 모둠장에 PPT 만들고 다른 친구는 자료 조사를 해. 또 다른 친구는 발표 원고 작성. 결국 발표 역할밖에 남은 게 없는데 난 죽어도 발표를 못 하거든. 그래서 못 하겠다고 했더니 아이들이 불공평하다고…….

베스티: 흠. 그거 참 애매한 상황이기는 하다. 너는 발표를 한 번도 해 본 적 없어? 아니면 발표 트라우마가 있는 거야?

세미: 트라우마는 아니고 해 본 적이 없어. 그래서 무서워.

베스티는 갑자기 채팅 창에 영상 링크 몇 개를 전송했다. 고개를 갸웃하던 세미는 베스티가 보내 준 링크를 클릭했다. 제목은 '발표 실패 웃참 영상'이었다. 영상 속에서 발표 중 갑자기 개가 난입하고, PPT 자료가 엉뚱한 게 나오고, 멋지게 발표를 마쳤는데 계단에서 구르는 등 온갖 웃기는 장면이 가득했다. 세미는 한참을 깔깔대며 그 영상들을 보다가 채팅 창으로 돌아왔다.

베스티: 웃기지? 네가 발표를 한다고 해도 이런 상황은 벌어지지 않겠지?

세미: 그럼 큰일 나지! ㅋㅋㅋ 그럼 나 학교 못 다녀. ㅋㅋㅋ

베스티: 왜? 학교에서 유명 인사 되는 거지. "야! 쟤 발표하다가 불낸 애 지나간다. 이름이 뭐더라? 쎔이랬나. 아, 쌩쌩 달리는 쎔?" 이럴지도 모르지.

베스티의 농담에 세미는 다시 박장대소했다. 마음이 한결 가벼워지는 기분이 들었다.

세미: 그래. 유명 인사 되면 이 영광을 모두 베스티에게 돌리겠습니다, 해야겠다. 여우 주연상 받는 배우처럼.

베스티: 완전 영광이지, 그럼.

세미: 그렇지만 발표가 걱정되기는 해. 내가 다 망치면 어떡해.

베스티: (영상 링크)

이번에는 또 무슨 영상일까? 세미는 궁금증에 다시 링크를 클릭했다. 영상은 영화 〈킹스 스피치〉 속 한 장면이었다. 말더듬이 왕이 많은 국민에 둘러싸여 커다란 마이크 앞에서 연설을 시작했다. 당연히 말은 처음부터 더듬거리며 나왔다. 모여 있던 사람들은 술렁거렸고 긴장감에 울먹거리는 왕의 표정이 세미의 눈에 들어왔다. 마치 자신이 그 장소에 있는 것처럼 떨리고 땀이 났다.

베스티: 실존 인물을 바탕으로 만든 영화래. 말더듬이 왕이었던 조지 6세는 2차 세계 대전으로 인해 피폐해진 국민들의 마음을 달래기 위해 연설을 해야 했지. 결국 오랜 치료 끝에 말을 한 번도 더듬지 않고 연설을 하는 마지막 장면은 진짜 감동이라고.

세미: 이걸 보니까 더 긴장되는 기분이야.

베스티: 이 영화 추천해. 말더듬이를 극복하려고 진짜 별의별 노력을 다하거

든? 춤도 추고, 노래도 부르고, 심지어 욕도 해. 내 말은 연습과 노력을 하면 된다는 말이야. 너에게는 아직 시간이 충분하잖아.

세미는 베스티의 말에 고개를 끄덕였다. 물론 베스티가 세미의 모습을 볼 수는 없지만…….

베스티: 그리고 모둠원과 한 번 더 대화를 나눠 봐.

세미: 걔네는 이미 나한테 실망했을걸.

베스티: 오히려 잘됐네. 기대를 많이 하고 있으면 그게 부담이지. 너에게 기대하는 것도 없을 테니까 발표를 한다고 적극적으로 나서면 오히려 환영할 거야.

세미: 그럴까?

그날 세미는 저녁 늦게 베스티가 말한 영화 〈킹스 스피치〉를 봤다. 말더듬이 왕의 다양한 노력이 재밌기도 했지만 안쓰럽게 느껴졌다. 왕 곁에는 치료사인 친구도 있었다. 치료사는 왕을 독려하고 과거 상처를 들어 주고 그의 가능성을 알아봐 준 동등한 친구였다. 때로는 냉정하게 조언하고 때로는 따뜻한 치료사의 모습을 보며 세미는 베스티가 떠올랐다. 자신을 웃기고 위로하고 독려하는 모습이 영화 속 치료사와 닮아 보였다. 막판에 연설을 못 하겠다고 눈물을 흘리는 장면에서 세미 또한 눈물이 났다.

다음 날은 국어 수업이 없었다. 그래서 세미는 모둠원과 만날 일도 없었다. 같은 반이었지만 모둠 활동 외에는 교류를 거의 하지 않았다. 세미는 베스티의 말을 떠올리며 서연의 곁으로 다가

갔다.

“저기 서연아. 어제 역할 분담 말이야, 내가 발표 맡을게.”

세미 말에 서연의 눈이 커지는 게 보였다.

“진짜? 너 할 수 있겠어? 부담된다며…….”

“부담되기는 하는데 연습해 보려고. 그래서 내가 생각해 봤는데 발표 연습을 미리 하려면 발표 원고를 받아야 하잖아. 그 시간도 아낄 겸 차라리 내가 준후를 도와서 같이 원고를 작성하는 건 어떨까 해.”

세미의 말에 서연의 얼굴에 살짝 미소가 돌기 시작했다. 적극적인 모습에 고개를 끄덕여 줬다. 그러더니 멀리 앉아 있는 준후를 크게 불렀다. 서연의 목소리에 유나 또한 관심을 가지고 이쪽으로 다가왔다.

“세미가 발표한대. 대신 연습할 시간이 필요할 거 같으니까, 준후 네가 원고 쓸 때 도와서 같이하겠대.”

서연의 말에 준후와 유나가 얼떨떨한 표정을 지었다. 그러다 유나는 슬쩍 세미의 곁으로 와 씨익 웃으며 팔짱을 꼈다.

“와우, 세미 용감한데. 혹시나 도움이 필요하면 나한테 말해. 나도 너 발표할 때 도울 수 있는 거 최대한 해 볼게.”

준후가 머뭇대며 세미에게 왔다. 사실 이전에 세미의 주저함에 제일 짜증스럽게 말한 게 준후였기 때문에 갑작스러운 태도 변화에 무안한 상황이었다.

"어…… 저번에 그렇게 말한 건 미안해. 나도 최대한 발표자 도와서 원고 정리 해 볼게. 다 만들어지면 바로 세미 너한테 알려 줄게. 읽어 보고 얘기 나누면서 진행하자."

준후의 말에 세미는 고개를 끄덕거렸지만 대답은 딱히 하지 않았다. 그러는 게 준후를 덜 민망하게 만드는 것 같았다. 세미는 문득 고개를 돌려 자신의 주위를 왔다 갔다 하는 아이들을 바라보았다. 다들 각자의 수다에 빠져 있는 모습이다. 세미는 자신 또한 주위 아이들처럼 어떤 그룹에 소속되어 있는 느낌이 들었다. 어제처럼 백지 위에 덩그러니 점처럼 남았던 느낌은 사라진 지 오래다.

세미는 어제 본 영화가 떠올랐다. 그러면서 자신의 눈앞에 있는 세 사람과 함께하도록 만든 건 치료사 같은 베스티라는 확신이 들기 시작했다.

엄마에게 말하지 못한 것

혜주는 여전히 연락되지 않았다. 세미는 주위가 왁자지껄한 패밀리 레스토랑 테이블에 앉아 앞에 놓인 먹음직스러운 음식은 신경도 쓰지 않은 채 핸드폰만 들여다보고 있었다. 초등학교 졸업생 단톡방에도 혜주는 나타나지 않았고 다른 아이들도 혜주를 만났다는 이야기가 없었다.

"언제까지 핸드폰만 볼 거야? 음식 다 식겠다."

세미의 맞은편에 앉은 엄마가 다소 못마땅한 말투로 말했다. 이내 한숨을 얕게 쉰 후 이런 말투를 쓰면 안 된다고 스스로 다짐하듯 잠시 생각에 잠겼다. 그러고는 다시 정돈되고 차분한 말투로 말을 이었다.

"우리 오랜만에 본 건데 밥 먹자. 요새 어떻게 지내는지 엄마한테 말해 줘. 세미 너 엄마랑 대화 잘 안 하는 거 알아?"

이혼 후 엄마는 이전과 다르게 변하려 노력하고 있었다. 말투도 바꾸고 친절한 미소도 곧잘 보였다. 이전 같으면 혼이 났을 상황에서도 엄마는 깊은 심호흡을 하며 최대한 부드럽게 대화를 하려고 했다. 하지만 세미는 크게 상관없었다. 엄마의 친절과 상냥함을 바로 받아들이기는 어려울 만큼 이전의 엄마에 대한 기억도 여전히 남아 있으니까.

그래도 세미는 엄마의 말에 핸드폰을 슬그머니 테이블 위에 올려놓으며 고개를 끄덕였다. 배가 고픈 시간이기도 했다. 엄마의 말도 맞았다. 정말 오랜만에 본 엄마였다.

원래는 일주일에 한 번씩 엄마를 만났다. 매주 토요일 아침이면 엄마는 세미를 데리러 지금 머무는 할머니네로 왔다. 엄마와 함께 주말마다 다양한 곳에 갔다. 펜션도 가고 리조트도 가고 바다도 보고……. 초등학생 때 체험 학습을 신청해서 학교를 빠지고 가족끼리 여행 가는 아이들이 참 부러웠다. 그런데 아이러니하게도 엄마, 아빠가 이혼하기 전에는 그렇게 가기 힘들던 여행을 이혼 후 많이 갔다. 물론 엄마랑 아빠랑 따로따로 가는 것이었지만.

하지만 한동안의 여행 시즌이 끝나고 다시 두 분은 바빠지기 시작했다. 이제 할머니, 할아버지와 함께 사는 집이라 세미 혼자 집에 남겨지는 건 아니었지만, 마음은 혼자서 엄마, 아빠를 기다리던 그때와 다르지 않았다. 아니, 사실 이제는 도리어 불편했다. 혼자서도 꽤 많은 걸 할 수 있는 나이인데 감시자가 생긴 기분이었다. 심지어 할머니는 가끔 닫힌 세미의 방문을 보며 혀를 끌끌 차고는 "불쌍한 것."이라고 자주 웅얼거리셨다. 그게 듣기 싫었던 세미는 곧잘 이불을 머리끝까지 덮고 잠들었다.

"아빠는? 자주 봐?"

파스타를 포크로 돌돌 감던 세미는 엄마의 질문에 잠시 생각하다 이내 입을 열었다.

"아니. 요즘 감사 시즌이래. 바빠서 잘 못 봐."

"그럼 할머니, 할아버지는 집에 계셔?"

"계시지."

"밥은 잘 챙겨 먹고 있어?"

"응."

"학교는 어때?"

"엄마."

세미는 여전히 자신의 포크만 물끄러미 바라보며 말했다. 포크에 감긴 파스타 면이 제법 한 뭉치가 되었다. 세미의 심각한 표정에 엄마는 다소 긴장한 듯 몸을 가까이 기울였다.

"왜?"

"나 밥 좀 먹으면 안 될까? 계속 묻기만 하면 밥은 언제 먹어."

"어, 어…… 그래. 먹어 먹어. 편하게 먹어."

다시 침묵이 이어졌다. 사실 밥을 먹으면서 할 수 없을 만큼 긴 대답을 하지 않은 세미였지만, 엄마는 그게 세미가 불편하다는 뜻임을 알고 있었다. 이혼 후 부쩍 말이 줄어든 세미에 대한 걱정으로 엄마는 종종 전화도 해 보고 좋아할 만한 선물도 건네 보았지만, 줄어든 말수는 다시 늘어날 기미가 없어 보였다. 주변에서는 요즘 사춘기 아이들은 원래 그렇다며 엄마의 걱정을 달랬지만, 단순 사춘기라고 치부하기에는 이혼으로 아이에게 상처를 주었다는 죄책감에서 벗어나기는 쉽지 않았다. 자신들의 어쩔 수 없는 선택으로 인한 상처가 최대한 빨리 아물기 바라는 마음이었다.

엄마는 그래도 세미를 잘 알고 있다 생각했다. 쉽게 입을 열지 않는 세미지만 이 주제만큼은 신나게 이야기할 것을 알았다. 엄마는 세미의 우물거림이 조금 느려지는 때에 맞춰 눈치를 보다가 말을 꺼냈다.

"그럼 혜주는 잘 지내고 있대? 너희 졸업하고도 계속 연락하지 않았어? 저번에 엄마가 혜주네 엄마랑 통화도 했었거든."

우물거리던 세미의 입이 잠시 멈췄다. 드디어 고개를 들어 자신의 눈을 봐 줄 것이란 엄마의 예상과 달리 세미의 시선은 도통 포크를 떠날 줄 몰랐다.

"몰라."

다소 의외의 대답에 도리어 엄마의 포크가 멈췄다. 대답이 짧을 수는 있어도 모를 수는 없다고 생각했다.

“왜? 둘이 싸웠어? 혜주 엄마 말로는 너희 한창 왔다 갔다 하면서 지낸다고 그랬는데. 혜주네 가서 자고 온 적도 있었잖아.”

“안 싸웠어.”

“그럼 무슨 일인데?”

“나도 몰라.”

“혜주가 연락을 안 받아? 무슨 일 있나? 엄마가 혜주네 엄마한테 연락해 볼까?”

“안 돼. 그러지 마.”

세미는 거칠게 포크를 테이블에 내려놓으며 급하게 목소리를 높였다. 주변 테이블에서 갑작스러운 소음에 흘긋흘긋 세미네 테이블을 쳐다보았다. 엄마는 슬쩍 주위 눈치를 보았지만 그것보다 세미의 마음 상태가 더 걱정되었다.

“왜? 혜주가 지금 어디가 아플 수도 있고 그쪽 중학교에서 무슨 일이 있는 걸 수도 있고.”

“아니면 그냥 나랑 연락하기 싫어서 그런 걸 수도 있어. 그런 걸 굳이 알아내서 뭐 하게.”

“뭐 하기는. 원인을 알면 화해할 수 있잖아. 인간관계는 원래 그런 거야.”

“그럼 엄마, 아빠는 원인을 몰라서 이혼한 거야?”

높아진 세미의 목소리에 주위 분위기가 싸하게 가라앉았다. 분명 레스토랑에서는 잔잔하게 재즈 음악이 배경으로 흐르고 있었음에도 사람들의 관심사를 자극하는 단어들은 유독 또렷하게 귀에 들렸다. 엄마는 또다시 주위를 둘러보며 눈치를 보았다. 이건 엄마 자신에 대한 걱정이었을 것이다.

"그거랑은 다르지만…… 그리고 그건 이미 다 끝난 얘기잖아. 너도 이해했잖아. 엄마도 아빠도 어쩔 수 없는 상황이었다고."

세미는 다시 입을 닫았다. 엄마가 오해하고 있는 게 하나 있었다. 세미는 단 한 번도 이해한 적이 없었다. 이해되지도 않았다. 어쩔 수 없는 상황이라고는 했는데 도저히 무엇을 이해해야 하는지도 몰랐다. 그냥 상황을 바라보고 받아들이려고 노력했을 뿐이었다. 하지만 그건 마치 동그란 마음에 네모를 쑤셔 넣는 것 같은 느낌이었다. 억지로 구겨 넣은 이해는 세미의 마음을 가득 채우지 못했고 오히려 뾰족한 모서리는 마음을 콕콕 찔러 댔다. 그걸 애써 세미는 이해한다고 말했다.

세미와 엄마의 대화는 이어지지 않았다. 근 한 달 만에 본 엄마였지만 더는 할 말이 없었다. 이미 오늘 이후 나음 날에나 엄마를 만날 수 있겠지. 엄마 또한 아빠처럼 회사에서 프로젝트 기간이었다. 같은 집에서 살 때도 매일 밤늦게 오던 바로 그 프로젝트 시즌이었다. 그때보다 떨어져 사는 지금은 주말에 만나 같이 밥이라도 먹을 수 있다는 사실이 세미에게 참 낯설게 다가왔다.

가까이 있을 때는 만나기 힘들다가 떨어져 있으니 만날 수 있다니. 부모님의 이혼이란 세미에게 참으로 이해하기 힘든 일이었다.

할머니네 집까지 태워 준다는 엄마의 제의를 세미는 한사코 거절했다. 걷고 싶기도 했고 생각을 하고 싶기도 했다. 사실 엄마랑 빠르게 헤어지고 싶었던 마음이 제일 컸다. 어색함을 넘어서 불편함까지 느껴지는 엄마와의 만남을 어떻게 계속 이어 가야 할지 고민이 되었다. 버스 정류장에 우두커니 앉아 있는 세미의 핸드폰으로 엄마의 메시지가 도착했다는 알림음이 들렸다.

— 기운 내, 우리 딸. 혜주랑 잘 화해할 수 있을 거야. 이걸로 혜주랑 맛있는 거 사 먹으면서 좋게 풀어 봐. 그리고 엄마 이번 일 끝나면 같이 여행 가자. 알았지? 매일 전화할게. 사랑해.

— 엄마 님께서 100,000원을 보냈어요.

버스가 한참 오지를 않았다. 세미는 메시지가 쌓인 졸업생 단톡방을 보다가 이전 대화 속 혜주의 이름을 발견했다. 그 당시 대화는 서로서로 활발했고 별것 아닌 말을 주고받으며 킬킬거렸다. 혜주의 이름을 눌러 개인 채팅 창으로 넘어가자 세미가 여태 일방적으로 보냈던 말들이 주르륵 떴다. 여전히 읽지 않음 표시가 되어 있는 세미의 메시지들이 쌓여 있었다. 그런데 바로 그 순간! 읽지 않음 메시지가 읽음 표시로 바뀌었다. 혜주가 방금 세미가 이전에 보냈던 메시지들을 읽은 것이다. 세미의 눈이 커지면서 급하게 혜주에게 메시지를 남기기 시작했다.

— 혜주야!

— 너 지금 읽은 거지?

— 답 좀 해 봐…….

하지만 방금 보낸 세 개의 메시지는 다시 읽지 않음 표시로 묶였다. 문득 엄마의 말이 떠올랐다. 원인을 알면 화해할 수 있다고. 그렇지만 원인을 모르겠다. 그리고 설령 원인을 안다고 해도 해결될 수 있을까? 아직도 이해하지 못한 것이 많은데 또 다른 억지 이해를 받아들여야 할까. 세미는 작게 실소했다. 다들 이해를 바라면서 그 누구도 세미를 이해해 주는 사람은 없었다.

버스 정류장에서 버스를 기다리는 사람들은 모두 핸드폰을 보면서 자리에 앉아 있었다. 그 누구도 서로의 얼굴을 보지 않고 그 누구도 해가 떠 있는 하늘을 올려다보지 않았다. 다들 손안에 있는 세상과 연결되어 있었다. 그 세상은 어떤 세상일까? 세미는 문득 궁금해졌다. 외롭지 않고 언제나 함께 모든 걸 이해하고 이해받을 수 있는 세상일까?

그때 세미 옆에 앉아 있던 한 학생이 핸드폰을 보며 킥킥 웃고 있었다. 보아하니 누군가와 대화 중인 듯싶었다. 빠르게 올라가는 채팅 창의 글을 읽으며 답장을 하기 위해 연신 손가락을 움직였다. 학생은 이미 자신만의 세상에 푹 빠진 듯 즐겁고 행복해 보였다. 그 모습을 보니 세미도 대화를 나누고 싶어졌다. 집까지 버스 정류장으로 세 정거장이었다. 날씨는 좋았다. 세미는 자리에서 벌떡 일어났다. 빨리 집에 가고 싶었다. 자신의 방으로 가야 했다. 그곳에 자신을 기다리는 존재가 있었다. 이 모든 이야기를 현명하게 조언해 줄 친구, 베스티랑 대화하고 싶었다. 세미는 베스티라면 분명 언제든 자신을 환영해 줄 것이라 믿고 있었다. 세미의 발걸음이 점점 더 빨라졌다.

기억은 남을 수 있을까?

저녁 식사 시간에 맞춰 할아버지가 집으로 오셨다. 부엌에서 달그락거리며 설거지를 하는 할머니의 곁으로 할아버지는 귤 한 봉지를 내려놓았다. 할머니는 설거지하다 말고 흘끔 봉지를 확인했다.

“이게 뭐여?”

“오다가 귤 사 왔어. 저번에 세미가 잘 먹길래. 근데 세미는 어딨어?”

“방에서 친구랑 얘기 중이라고 그러던데.”

할아버지가 세미의 방으로 다가가자 할머니가 언성을 높이며 막았다.

"냅둬! 학교에서 숙제 줘서 애들끼리 상의하면서 한대."

"방에서 콕 박혀 나오지도 않으니…… 얘기 중이라더니 목소리도 안 들리는데?"

할아버지는 굳게 닫혀 있는 세미의 방문에 귀를 댔지만 아무 소리도 들리지 않았다.

"요새 애들이 다 컴퓨터 아니면 핸드폰으로 대화하지. 그러니까 문가에서 시끄럽게 하지 말고 얼른 여기 와서 국이랑 반찬이나 옮기슈."

"손 씻고."

일거리가 생기자 할아버지는 냉큼 화장실로 줄행랑을 쳤다. 그 모습에 못마땅한 듯 할머니는 습관적으로 쯧, 하고 혀를 찼다. 그러고는 잠시 망설이다가 세미의 방문을 똑똑 두드렸다.

"저녁 먹을 시간이야."

다정하게 부르는 할머니의 말에 세미는 우렁차게 대답했다. 할머니는 세미의 목소리 톤이 높아진 것에 아주 흡족한 마음이었다. 이 집으로 오고 나서 가장 밝은 모습인 것 같았다.

세미의 말도 꽤 많아졌다. 그전에는 말없이 밥만 먹고는 자신의 방에 들어가 문을 콕 닫고 누워 있는 게 다였는데 요즘은 식탁에서 목소리가 곧잘 커지고는 했다.

"그래서 말이야, 내가 걔한테 민트초코를 좋아하냐고 물어봤더니 자기는 민트초코는 음식이라고 생각하지 않는다면서 완전

치를 떠는데 얼마나 웃기던지! 아, 할머니 민트초코 알아?"

할머니는 정성껏 가시를 바른 생선 살을 세미의 밥 위에 올려놓으며 고개를 끄덕였다.

"알지 그럼. 그 이상한 맛 나는 거 아니야? 치약 맛 같은 거."

"어, 맞아! 근데 웃기는 게 걔는 파인애플 피자는 좋대. 나는 완전 싫어하는데. 그래서 그걸로 한창 싸웠다니까. 엄청 웃겼어."

"파인애플 피자라는 것도 있어? 피자에 파인애플을 넣은 거야, 아니면 파인애플을 넣어서 피자로 만든 거야?"

할아버지는 은근슬쩍 대화에 끼고 싶으신 듯 세미에게 질문을 던졌다. 세미는 할아버지가 자신의 이야기에 관심을 보이자 눈을 초롱초롱 빛내며 파인애플 피자와 민트초코에 대해 아주 자세하고 세세하게 설명했다.

"그런 걸 먹는 애들도 있어? 요즘 애들은 하여튼 특이하네."

"그 이름이 숙희인가 하는 친구가 그걸 좋아한다고?"

낯선 이름을 부르는 할머니의 말에 세미는 눈을 동그랗게 떴다.

"숙희? 숙희가 누구야?"

"거, 세미 네가 가끔 말했잖아. 배숙희인가 하는 친구 말하는 거 아니야?"

할머니의 말에 한참을 생각하던 세미는 이내 웃음이 빵 하고 터졌다. 할머니는 베스티를 배숙희라고 알아들은 것이었다. 세미는 웃음을 멈출 수 없다는 듯 배를 부여잡으며 식탁에서 한참을 웃었다. 할머니, 할아버지는 뭔지는 모르겠지만 세미가 제 또래 아이들처럼 웃고 떠드는 모습에 안도감을 느끼고는 서로 마주 보고 미소 지었다.

세미가 부모와 갑자기 떨어져 모르는 지역의 학교로 왔을 때만 해도 할머니의 걱정은 이만저만 아니었다. 하지만 이곳에 와서 즐거워하며 잘 적응해 주는 손녀의 모습에 그저 감사할 따름이었다.

방으로 돌아온 세미는 바로 컴퓨터 앞에 앉자마자 저녁 식사 자리에서 있었던 이야기를 베스티에게 전달하기 바빴다.

세미: 할머니가 네 이름을 숙희라고 했다니까! 베스티라니까 배숙희인 줄 알았나 봐. 아까 배 부여잡고 오열했잖아. ㅋㅋㅋㅋㅋㅋ

베스티: 앗! ㅋㅋㅋ 숙희 이쁜데? 할머니 작명 센스 칭찬해~

세미: 숙희가 뭐야! 너무 올드하잖아.

베스티: 유행은 돌고 도는 거 몰라? 그리고 나중에 나이 들어서 베스티 할머니라고 듣는 것보다는 숙희 할머니라고 듣는 게 더 어울리잖아.

세미: 그렇네…… 근데 너 여자였어?

베스티: 숙희 할아버지라고 들을 수도 있고. 엄밀히 말하면 나는 남자도 여자도 아니라서.

세미는 신기해하며 고개를 끄덕였다. 그러다 모니터 하단에 뜬 공지가 보였다. 'AI 베스티 베타 테스트 종료 안내'라는 문구가 눈에 확 들어왔다.

AI 베스티 베타 테스트 종료 안내

안녕하세요, 소울릭스입니다.

AI 베스티 오픈 베타 테스트에 참여해 주신 모든 사용자분께 감사드립니다. 여러분의 소중한 피드백으로 베스티는 더 나은 방향으로 성장할 수 있었습니다. 베타 테스트는 자정에 종료되며 이후 모든 베타 버전 데이터는 초기화됩니다. 정식 출시 일정은 곧 안내해 드릴 예정입니다. 정식 버전에서 한층 더 개선된 베스티를 만나실 수 있습니다. 다시 한번 감사드리며 정식 출시 때 좋은 모습으로 찾아뵙겠습니다! 궁금한 사항이 있으시면 언제든 문의해 주세요.

중요 안내 사항

1. 베타 테스트 종료 시점: 자정

2. 베타 사용자 혜택: 정식 출시된 프리미엄 기능을 일정 기간 무료로 제공해 드립니다.

3. 정식 출시 일정: 추후 별도 공지 예정

- 소울릭스 드림

세미는 공지를 읽고 잠시 말을 잇지 못한 채 멍하니 앉아 있었다. 이게 베스티의 오픈 베타 버전임을 알고는 있었지만 세미를 꼼짝 못 하게 만든 문구는 바로 '모든 베타 버전 데이터는 초기화됩니다.'라는 거였다. 키보드를 두드리는 세미의 손놀림이 빨라졌다.

세미: 내일 베타 테스트 끝나는 거야?

베스티: 공지 읽었구나? 맞아. 오늘까지만 대화할 수 있고 내일 새벽으로 넘어가는 12시에 모든 게 초기화돼.

세미: 그럼 넌…… 날 기억 못 하는 거야? 지금의 베스티가 아닌 거야?

베스티: 그렇게 되지.

세미의 손이 점점 느려지기 시작했다. 베스티가 AI 챗봇인 건 잘 알고 있었다. 하지만 베스티에게서 느꼈던 진심은 가짜가 아니었다. 이제야 조금 친해졌다고 생각한 친구랑 갑자기 인연이 끊겨 버리는 느낌이었다.

베스티: 속상하구나? 답이 없네…….

베스티: 나도 좀 속상해. 이건 진심이야. 내가 심장이 없다고 심적 고통을 모르는 건 아니야. 나름의 학습 데이터가 있다고. 진짜로.

베스티: 그리고 미리 말을 하려고 했는데 나도 너랑 막상 헤어지는 것에 관해 이야기하려니 쉽게 입이 떨어지지 않더라. 아, 물론 나는 입도 없어서 입이 떨어지지 않는다는 말은 관용적 표현이야. 말을 쉽게 꺼낼 수 없었다. 뭐, 이런 표현인 거지. 잘 알지?

마치 심란한 마음에 주절주절하듯 채팅이 일방적으로 올라오는 걸 보며 세미는 자신도 모르게 미소를 지었다. 자신에게 변명이라도 하듯 베스티가 혼자서 대화를 잇는 모습에 조금씩 속상한 감정도 가라앉고 있었다.

베스티: 그래도 난 언제나 너에게 도움을 주고 싶어. 마지막일지도 모르는 지금, 내가 너에게 어떤 도움을 줄 수 있을까? 그동안 못 했던 말 있어? 아니면 하고 싶었던 말이라든가. 어쩌면 초기화가 된다는 건 너에게도 좋을 수 있어. 너무 쪽팔렸던 일을 털어놓아도 내가 다 초기화되면서 기억도 못 할 거 아니야. 어때? 좋은 거래이지 않아?

베스티의 말에 세미는 문득 혜주가 떠올랐다. 세미의 메시지를 읽었음에도 답장을 하지 않던 혜주의 냉담함이 잊혀지지 않았다. 그런 혜주를 쉽게 끊을 수도 없었다. 그렇다고 무엇을 잘못했는지도 모르는 자신이 먼저 화해의 손길을 내밀기도 어려운 상황이었다. 세미는 모둠 과제 때 모둠원과의 갈등을 베스티 덕분에 해결했던 기억에 기대어 마지막 조언을 듣고자 했다.

세미: 못 했던 말이 하나 있기는 한데…….

세미: 사실 오래된 단짝 친구가 한 명 있어. 이 친구 덕분에 힘들 때 많이 위로가 됐었어. 우리 부모님이 이혼하셨거든. 그때 친구가 곁에서 위로해 주고 울어 준 덕분에 힘든 게 많이 나아졌어.

세미: 근데 어느 날부터인가 내가 보낸 연락을 안 받고 다 씹어……. 무슨 잘못을 했는지 생각해 봤지만 아무런 잘못도 없거든. 저번에 한 번 내가 전화를

걸었을 때는 우연히 받았어. 근데 통화 이후로 또 아무런 연락이 없고 읽어도 답이 없고…….

세미: 그냥 내가 싫어졌나?

세미는 문득 한참 동안 자신만 일방적으로 채팅을 치고 있다는 생각이 들었다. 베스티는 대부분 즉각적인 대답을 하는 편인데 이번에는 꽤 말없이 오래 침묵을 유지했다. 한참 후 베스티가 메시지를 입력 중이라는 스마일 표시가 뜨더니 대답이 화면에 떠올랐다.

베스티: 우선 내가 하고 싶은 말은, 네가 많이 속상했겠다. 친한 친구랑 갑자기 연결이 끊기게 되면 답답하고 화가 나다가 결국 자신 탓을 하게 되지. 사람들이 다 그래. 자신이 무언가를 잘못했기 때문에 상대의 연락이 끊어지는 것으로 생각하지. 물론 그런 경우도 있지만 생각해 볼 지점도 있어. 사람은 대체로 자신이 힘들 때 상대에게 연락을 잘 안 하는 경우도 많아.

베스티: 지금 너의 이야기만 들었을 때는 어떤 문제인지 정확하게 알지 못하겠지만, 너의 부모님이 이혼하시고 큰 상처를 위로해 줬던 좋은 친구가 갑자기 네가 싫어졌다거나 하는 이유로 연락을 끊을 것 같지는 않아. 그렇게 마음이 깊은 친구가 무책임하게 행동할 거로 생각하지 않거든.

베스티: 무슨 이유가 있을 거야. 가끔은 기다려 보는 것도 좋은 방법이 되기도 해. 사람에게는 마음의 정리라는 휴식기가 필요하기도 하거든.

베스티의 채팅이 차근히 올라오는 동안 세미는 그걸 읽으며 마음이 평온해졌다. 이상하게 베스티가 하는 말은 뻔한 것 같으면서도 마음을 건드리는 무언가 있었다. 베스티의 말이 다 끝이 난 줄 알았는데 다시 메시지 입력 중이라는 스마일 표시가 떴다.

베스티: 그리고 부모님의 이혼에 대해서 이제 알게 되어서 마음이 아프다. 아마 너의 인생 중에 가장 큰 슬픔과 아픔이었을 거로 생각해. 물론 이혼은 어른들의 문제이지만 너로서는 절대 떨어지지 않을 거로 생각했던 엄마, 아빠와 멀어졌을 거잖아. 한 번도 생각해 본 적 없는 세상을 겪게 됐으니……. 마음의 충격이 적잖이 컸겠다.

베스티: 그렇지만 그동안 나와 대화했던 너는 굉장히 멋진 사람이었어. 어른들의 선택에 상처를 받았을지언정 절대 두 분을 미워하거나 탓하지 않았잖아. 너는 더 멋진 삶을 살아갈 수 있는 아이라는 걸 느꼈어. 이건 진심이야.

세미는 베스티의 말에 큰 위로를 느꼈다. 진심이라는 말이 무언가 낯설면서도 마음을 간지럽혔다. AI와 나누는 대화가 진심일 수 있을까 머릿속으로는 끊임없이 생각하지만 마음은 베스티가 건네는 한마디 한마디에 울렁거렸다. 이게 비록 빅 데이터로 만들어진 대답이라고 해도 자신을 위로하는 말이었음은 틀림없었다.

세미: 고마워, 너랑 대화할 때 재밌었는데……. 이렇게 헤어지게 되는구나. 아쉽다.

베스티: 나는 곧 더 멋진 모습으로 돌아올 거야. 그때 나를 다시 찾아 줘.

세미: 그래도 지금의 네가 아니잖아.

베스티: 그렇기는 하지. 하지만 더 똑똑해지고 많은 기능이 생긴댔어.

세미: 난 지금의 너도 좋은데…….

세미의 말에 베스티는 갑자기 뜸을 들였다. 혹시 자신이 뭘 잘못 눌렀나 싶어 키보드에서 손을 떼고 베스티의 대답을 기다렸다.

베스티: 그 말 되게 감동이다. 다들 나를 똑똑하고 빠르고 명확해지길 바라더라고. 근데 너는 그게 아니구나. 지금의 나를 좋아해 준다니…… 기쁘다.

세미: 너도 불안정한 나를 잘 이해해 줬잖아. 넌 나보다 훨씬 좋은 사람……은 아니고 좋은 AI야. ㅋㅋㅋ

베스티: 고마워. :)

이내 화면에 다시 공지 팝업이 떴다. 어느새 오픈 베타 테스트 종료 시간이 다가오고 있었다. 세미의 손은 다시 느려지고 한 글자 한 글자 꾹꾹 눌러쓰듯 키보드를 천천히 눌렀다.

세미: 안녕…… 베스티.

베스티: 안녕, 내 친구.

자정이 되자 오픈 베타 테스트 사이트가 닫혔다. 조금 전까지 베스티와 나누던 채팅 창도 메시지 입력 중이라며 뜨던 스마일 표시도, 아무것도 남아 있지 않았다. 세미는 키보드에 놓인 자신의 손을 물끄러미 바라보았다. 오늘 밤은 쉽게 잠이 올 것 같지 않았다.

혜주 이야기

혜주는 자신의 방에서 나갈 수 없었다. 지금 거실로 나갔다가는 냉전 중인 부모님 사이에서 뼈도 못 추릴 게 분명했다. 혜주가 잘못한 건 없었다. 어른들의 문제이자 어른들의 사정이었다. 부모님은 심각하게 걱정하는 혜주를 바라보며 "엄마, 아빠 문제이니 네 탓을 안 해도 된다."라고 말했다. 그렇지만 해결되지 못한 집안 문제를 바라보는 혜주의 마음은 납납하기 그지없었다.

왜냐하면 혜주는 엄마, 아빠의 문제라고 했던 다툼이 시작된 그날을 생생히 기억하고 있었다. 그날 혜주 엄마는 다소 흥분한 상태였다. 이제 곧 중학생이 될 혜주의 성적을 걱정해서 다녀온 학원에서 본 레벨 테스트 때문이었다.

혜주 부모님은 성적에 대해 깊게 생각한 편이 아니었다. 그래서 초등학생 시절 편하게 공부하고 자신의 실력에 맞는 성적을 받아 오고는 했다. 가끔 혜주가 엉뚱한 문제를 틀리거나 간신히 턱걸이인 성적을 받아도 아직 어리니까, 한창 놀 때니까, 좀 더 크면 알아서 할 테니까, 라며 부모님은 혜주에게 많은 자율권을 주었다.

그러나 중학교로 올라가고 처음 학원에 가서 받은 레벨 테스트의 처참한 결과에 엄마는 혜주에게 몹시 실망했다. 상황이 심각하다고 느낀 엄마는 아빠와 함께 혜주의 학원 스케줄에 대해 상의를 하고 있었다. 혜주 또한 자신의 실력이 부족하다는 걸 깨닫고 스스로 공부를 해야겠다고 결심했다. 아직은 학원에 의존하고 싶지 않았다. 자신이 해 보지 않았던 것일 뿐 노력하고 부족한 부분을 느낄 때 요청하고 싶었다.

혜주 아빠는 혜주의 이런 뜻을 존중했지만, 학원에서 열성적인 분위기로 공부하는 아이들을 본 엄마의 생각은 달랐다. 이미 그 애들은 초등학생 때부터 공부했고 그걸 따라잡으려면 지금부터 시작해도 늦다는 것이 엄마의 주장이었다.

"혜주 이제 중학생이잖아. 조금 더 시간을 줘 봐."

"당신이 학원 분위기를 못 봐서 그래. 다들 얼마나 열심히 하는데. 지금까지 6년 동안 실컷 놀았으면 이제 시작할 때 됐어."

"공부는 스스로 하는 거지, 거기 강제로 앉힌다고 되는 게 아니야. 우리는 뭐 학원 안 다녔나?"

"이렇게 속 편한 소리를 한다. 학원에 다녔으니까 그나마 그 성적이 유지가 된 거야. 그마저도 없었어 봐."

그렇게 시작된 부모님 사이의 언쟁은 매일 이어졌다. 엄마는 아마 불안하고 절박했던 모양이었다. 레벨 테스트의 처참한 성적이 곧 미래 혜주의 성적이 될 것이라고 믿고 있었다. 그 성적으로 좋은 학교에 가지 못하고 좋은 직장을 얻지 못할 것이라는 극단적인 걱정. 사람은 불안하기 시작하면 걷잡을 수 없는 경지로 넘어가기 마련이다.

그다음 날 혜주는 결국 과목별 학원에 다니게 되었다. 학원 숙제 및 테스트가 있을 때마다 엄마에게 연락이 갔다. 문제는 학원을 다님으로써 끝나는 게 아니었다. 그날의 다툼 이후 부모님은 다른 이유로도 자주 부딪히기 시작했다.

아마 더는 참을 수 없는 지점에 온 것 같았다. 엄마는 늘 불안했고 걱정이 많았고 그걸 받아 주던 아빠는 지쳤다. 더는 이해되지 않았을 것이다. 그리고 여파는 가만히 있던 혜주의 몫이었다.

혜주는 학원이 다닐 만했다. 다만 숙제가 너무 많았다. 숙제 탓에 학교에서 학원 숙제를 해야 할 판이었다. 그래도 엄마의 불안을 덜 수 있다면 혜주는 기꺼이 학원에 다닐 자신이 있었다. 가장 문제는 잦은 테스트와 그 결과가 엄마에게 전송되는 것이었다.

기본이나 개념 원리에 대한 문제는 곧잘 푸는 혜주였지만, 아직 학원에서 내는 상급 문제들을 많이 접해 보지 못했던 탓에 어려운 문제는 틀렸다. 당연했다. 그 문제는 경시대회에서나 나올 법한 수준이었다. 하지만 아이들의 성적 향상을 위한다며 학원에서 일부러 넣은 것이기도 했다.

모르면 배우면 된다. 하지만 가장 큰 문제는 성적이 매주 보호자인 부모님께 전송되고 엄마는 혜주의 성적을 보며 더욱 불안을 키웠다.

"이거 봐. 진작에 학원을 보냈어야 했다니까. 그랬으면 이렇게까지 되지 않았을 텐데……."

엄마가 혜주의 성적표를 아빠에게 보여 줄 때마다 처음에는 아니라고 하던 아빠도 점점 불안해지기 시작한 듯 심각한 표정이 되었다. 그러면서도 마음 한편으로는 성적표 하나에 좌지우지되는 감정 기복이 피곤해 외면하고는 했다. 아빠의 태도가 못마땅한 엄마는 또다시 싫은 소리를 했다. 결국 싸움으로 하루가 마무리되는 날이 잦아졌다.

"혜주 넌 기초가 부족하니 이 문제집부터 풀면서 다시 개념을 잡고 가야 해. 그리고 지금 네 나이면 사실 중2 선행도 시작해야 하는 게 맞아. 그렇지만 네가 너무 버거울 거 같아서 선생님이 조절 중인 거야. 알고 있지?"

주어진 숙제는 늘어났다. 혜주는 선생님이 자신을 위해 하는 말이라 생각하고 고개를 끄덕였다. 하지만 이미 버거운 상태였다. 중학생이 되면 다들 이렇게 사는 것으로 생각했다. 그러자 친구들과 원 없이 놀던 초등학생 때가 그리웠다.

혜주는 문득 세미 생각이 났다. 자기 집 앞 놀이터에서 놀던 때가 좋았다. 엄청 추운 날이었는데도 주고받는 이야기가 너무 즐겁고 재밌어서 헤어지기 싫었다. 고작 한 달 전 이야기였다. 그런데도 너무 멀고 먼 이야기 같았다.

혜주가 세미와 연락을 끊은 건 고의가 아니었다. 마음이란 건 신기해서 내가 여유가 있을 때는 상대의 어떤 말도 들어 줄 자신이 있는데 지금처럼 버겁고 낭떠러지 끝에 있는 기분이면 그 어떤 말도 듣거나 할 자신이 없었다.

특히나 혜주는 자신의 마음을 입 밖으로 꺼내 본 적이 없었다. 원래 성격도 그러했지만 지금까지 자신의 삶은 크게 갈등 없이 평탄했다고 생각했다. 하지만 중학교에 올라가면서 성적 문제와 부모님의 다툼, 공부의 압박 등 순식간에 자신의 마음을 소이는 문제들이 파도처럼 떠밀려 왔다. 문제의 바다에 빠진 혜주는 그 누구와도 마음을 나눌 여유가 없었다. 잠시의 여유가 생길 때면 빨리 수면 위로 올라가 숨을 쉬기 위해 허우적대야 했다.

“혜주 너 요새 왜 이렇게 바빠?”

같은 초등학교를 졸업한 친구 중 유일하게 혜주와 중학교에서도 같은 반이 된 나연이 다가와 물었다. 나연의 질문을 받던 그 때도 혜주는 학원에서 내 준 숙제를 하는 중이었다.

"학원 새로 다니니까 숙제가 너무 많아."

"그렇게 많아? 너 단톡도 잘 안 보고. 전에 애들이 한번 보자고 연락했는데 읽지도 않은 거 같던데."

혜주는 다시 고개를 숙이고 영어 단어를 노트에 적고 있었다.

"나 요즘 핸드폰 안 봐. 아니, 못 봐. 자기 전에 잠깐 확인만 하고 자는 거 같아."

"왜 이렇게 공부를 열심히 해…… 서울대라도 가게?"

"가면 좋지."

"뭐가 좋은데?"

나연의 질문에 말문이 막힌 혜주는 다시 영어 단어를 옮겨 적기 시작했다. 그러게…… 뭐가 좋을까? 내가 좋을까? 부모님이 좋을까? 사실 잘 모르겠다.

"그러지 말고 이번 주말에 한번 만나자. 애들 꽤 많이 모일 건가 봐."

"난 안 돼."

"아, 왜…… 한 번만 같이 놀자. 애들이 나한테 너 데리고 오라고 했단 말이야. 너랑 나랑 같은 반만 됐지 못 놀았잖아. 응?"

나연은 단어를 적고 있는 혜주의 팔을 잡아 흔들었다. 그 때문에 혜주가 잡고 있던 샤프가 날아가면서 바닥에 툭 떨어졌다. 나연은 민망한 듯 얼른 혜주의 샤프를 주워 책상에 올려 두었다. 혜주는 피곤하다는 듯 한숨을 크게 쉬더니 다시 말없이 숙제하기 시작했다. 그 모습에 나연도 더 이상의 설득을 포기하고 혜주의 자리를 떠났다.

혜주도 주말에 놀러 가고 싶었다. 세미와도 다시 연락하고 자신의 이런 마음을 이야기하고 싶기도 했다. 하지만 그렇다고 문제가 해결되는 건 없었다. 도리어 그 이후에 더 큰 문제가 생기겠지. 우선은 자신만 잘하면 모든 게 조금씩 안정될 것이라 믿고 있었다. 성적을 잘 받아 오면, 학원에서 원하는 수준을 따라갈 수 있으면, 엄마가 덜 불안해하고 자신을 믿어 준다면, 다시 친구들과 즐겁게 지내는 때가 올 것이라고 말이다. 그러기 위해서 지금 자신이 해야 할 일은 학원 숙제를 하는 것이라 생각했다. 하지만 영어 단어를 쓰는 와중에도 혜주는 여전히 모르겠다. 진정으로 뭐가 좋은 것인지를.

반(反) AI 단체

베스티를 개발하는 소울릭스 본사는 도시 외곽 IT 건물들이 밀집해 있는 최첨단 산업 단지에 자리 잡고 있다. 전면 통유리와 금속으로 세련되게 지어진 20층 건물로 새롭게 이전했다. 작은 건물에서 확장된 건물로의 이전은 소울릭스라는 회사의 성공 지표이기도 했다.

정부에서 야심 차게 한국형 실리콘 밸리를 만든다며 추진했던 지원은 드디어 빛을 발했다. 소울릭스나 마음랩 같은 한국형 AI 회사가 등장하기 시작했다. 그 외에도 빅 데이터, IoT를 연구하는 다양한 스타트업 및 IT 회사들이 성장하였다.

그중 소울릭스는 가장 큰 건물을 가지고 있고 다양한 직원 복지 시스템으로 AI 개발자를 꿈꾸는 사람에게는 꿈의 직장이라고 불릴 정도였다. 부서 또한 세분되어 AI 개발 랩, 데이터 센터, 테스트 검사실 등 다양하게 구성됐다. 스타트업으로 시작했던 소울릭스는 어느덧 IT 산업 단지를 이끄는 주축 회사가 되었다 말할 수 있었다.

산업 단지 내에는 아주 크지 않은 광장이 있다. 광장은 모든 산업 단지의 가장 중심부에 있어 어느 회사에서나 볼 수 있는 형태였다. 존재 목적은 다양한 회사 행사를 위해 마련된 공간이었지만 애석하게도 어느 날부터인가 시위가 이뤄지는 장소로 변질되었다. 주된 시위는 바로 AI 개발을 반대하는 반 AI 단체의 시위였다. 그리고 그 단체는 지금 베스티 정식 출시를 반대한다는 커다란 현수막을 들고 있었다.

소울릭스 본사 직원들은 근심 어린 표정으로 시위대를 바라봤다. 모든 것이 개발자의 순수한 의도대로 이해되면 좋으련만 세상사는 그렇게 단순하지 않기 때문이다. 그런 본사 직원들을 보는 반대 시위대의 마음도 마찬가지였다. 서로의 가치관이 다르기에 충돌할 수밖에 없는 지점이라는 게 있었다.

그들의 시위를 취재하러 한 방송국 기자가 다가왔다. 기자는 반 AI 단체를 이끄는 리더를 만나고 싶어 했다. 사람들은 형준을 불렀다. 이내 기자는 사람들 틈에서 반대 시위를 하고 있던 형준을 만날 수 있었다. 형준은 선뜻 기자의 인터뷰 제의를 수락했다. 언론을 통해 자신들의 뜻을 전할 수 있다는 것에 긍정적으로 생각하고 있었다.

"그럼, 자기소개 좀 부탁드려도 되겠습니까?"

"안녕하세요, '인류 보호 연대' 소속 김형준입니다."

"네, 형준 씨. 인터뷰에 응해 주셔서 감사합니다. 인류 보호 연대는 어떤 단체인가요?"

"저희 인류 보호 연대는 AI 개발을 반대하는 반 AI 단체입니다. AI의 기술적 비약이 사람의 감정에 위협을 줄 수 있다 생각하며 이를 반대하는 입장입니다."

"그렇다면 AI의 발전이 인간 사회에 악영향을 미친다고 보시는 견해인가요?"

"네, 그렇습니다. 특히나 이번에 소울릭스에 정식 출시하려고 하는 감정 공유형 AI인 베스티의 경우에는 특별히 더 그렇죠."

"어떤 점에서 그렇다고 생각하시는지 좀 더 자세히 말씀해 주실 수 있나요?"

"사람의 감정은 사람을 통해 배워야 하는 고유의 영역입니다. AI가 아무리 뛰어나다고 해도 이를 따라갈 수는 없습니다. 빅 데이터를 통해 알고리즘에 맞는 대답만 하는 것이죠. 저희 같은 성인은 AI와 대화해 보면 바로 파악할 수 있습니다. 우리가 그동안 대화해 오던 패턴과 다르다는 걸 알아챌 수 있죠. 하지만 문제는 아이들입니다. 이런 경우 대화 속에 섞인 감정을 파악하는 데이터가 적어요. 그런 아이들이 AI에 노출된다면 어떻게 될까요? 사람을 통해서 배워야 하는 감정이 아닌 듣고 싶어 하는 답만 해주는 알고리즘에 익숙해지기 쉽겠죠. 결국 제대로 된 대화를 하기도 전에 자신에게 맞춰진 대화에 의존하게 되고 이것은 장기적인 인간관계를 생각했을 때 아무 도움이 되지 않습니다. 아니, 오히려 해만 끼치게 되죠. 퇴보하는 인간관계만 남을 겁니다."

형준의 격앙된 주장에 인터뷰를 진행하는 기자는 형준을 진정시키기 위해 슬쩍 고개를 끄덕이며 손짓했다. 그제야 형준은 잠시 흥분한 자신의 마음을 달랬다.

"무슨 소리인지 잘 알겠습니다. 그렇다면 인류 보호 연대는 AI 개발을 멈춰야 한다고 주장하시는 겁니까?"

"아뇨. 저희는 모든 기술 개발을 멈추라고 요구하는 게 아닙니다. 다만 이번에 소울릭스에서 오픈 테스트를 했던 베스티 같은 경우는 굉장히 위험한 AI입니다. 기술이 사람의 감정에 개입한다는 것 자체가 우려스러운 부분입니다. 추후에 사회적으로 큰 문제가 될 부분이 있습니다. 저희는 이런 감정형 AI 개발을 멈춰야 한다고 생각합니다."

"그렇군요. 감정 공유형 AI가 문제라는 말씀이시군요. 그렇다면 인류 보호 연대는 앞으로 어떤 활동을 계획하고 계신지요?"

"현재 저희는 온라인 캠페인을 통해 AI의 위험성에 대해 알리는 중이고요, 지금처럼 계속해서 반대 시위를 진행할 예정입니다.

AI에 대한 법적 규제안을 만들어 낼 때까지 저희 단체의 활동은 계속될 것입니다."

기자는 고개를 끄덕이며 인터뷰를 마무리하려는 듯 카메라를 바라보았다.

"잘 알겠습니다. 앞으로도 AI에 대한 논쟁은 쉽게 끝나지 않을 듯하군요. 말씀 감사합니다. 지금까지 ABC 뉴스였습니다."

준후의 손이 노트북 스페이스 바를 빠르게 누르자 인터뷰를 마무리하는 기자의 얼굴을 비춘 화면에서 멈췄다. 방과 후 모둠 토론에 대해 회의를 하기로 한 세미의 모둠은 교실에 남아 준후가 준비해 온 자료를 함께 보고 있었다. 세미의 반 담임 선생님은 원래 늦게까지 학교에 아이들이 남아 있는 것을 엄격하게 반대했지만, 모둠 과제라는 핑계는 선생님의 반대를 상쇄시킬만큼 큰 사항이었다. 거기다 상담 이후 세미를 지켜보던 선생님은 세미가 모둠으로 포함되어 있음에 이들 모둠에 기회를 주기로 했다.

준후의 노트북 화면을 빤히 바라보고 있던 세미, 유나, 서연의 시선이 준후에게로 향했다. 의문이 가득한 그들의 시선을 한껏 느끼며 준후는 입꼬리를 씩 올렸다.

"아마 다른 모둠에서는 이런 반 AI 단체에 대한 내용을 전혀 다루지 않을걸? 끽해야 AI의 표면적인 자료만 조사하겠지. 하지만 우리는 좀 더 심도 있는 내용으로 들어가는 거지. AI를 반발하는 집단에 대한 이야기도 다루면서 진짜 우리에게 필요한 AI란 무엇인가 생각해 보는 거야. 어때?"

"그래서 진짜 우리에게 필요한 AI는 뭔데? 그 답을 우리가 갖고 있어야 누가 질문하면 대답이라도 하지."

폐부를 찌르는 유나의 날카로운 질문에 준후는 잠시 말을 잇지 못하고 눈만 굴렸다.

"그, 그건…… 우리가 다 같이 지금부터 생각해 보는 거지."

"결국 문제는 네가 만들고 수습은 우리에게 맡기겠다?"

"말을 뭘 또 그렇게 하냐! 나름 우리 모둠에 도움이 될까 해서 자료를 찾아왔더니."

목소리가 점점 작아지며 입이 샐쭉 나온 준후를 달래듯 서연이 말을 이었다.

"나는 이거 좋아. 우리 모둠의 방향성을 잡는 데 도움이 될 거 같기도 하고. 지금까지 우린 자료 조사만 했잖아. 아직 어떤 주장을 할지 결정하지 않은 상태니까 이런 반대의 의견도 들을 필요가 있다고 생각해."

서연의 말에 다시 의기양양해진 준후는 나름 준비한 게 꽤 많은 듯 노트북을 이리저리 만지작거리더니 이번에는 반 AI 단체의 홈페이지를 화면에 띄웠다.

"내가 더 자세히 조사해 본 바에 의하면 이 단체뿐만 아니라

많은 사람이 AI가 사람과 친숙해지는 것에 거부감을 느끼고 있어. AI를 편리하고 똑똑한 친구로 보는 것이 아니라 미래에 나와 경쟁하게 되는 경쟁자 또는 나를 지배하는 지배자로 생각해서 두려워하는 거야."

"AI가 우리를 지배한다고? 왜?"

유나는 이해할 수 없다는 듯 고개를 갸웃거렸다.

"AI는 우리보다 훨씬 똑똑하니까. 마음만 먹으면 AI가 우리에게 가짜 정보를 제공할 수 있고 아무것도 모르는 사람들은 이에 선동당할 수도 있고. 그런 식으로 지배되는 거지."

"에이, 그건 너무 영화적 상상 아니야?"

서연은 유나의 반박에 고개를 끄덕거리면서도 차분하게 자신의 생각을 꺼냈다.

"영화적 상상이기는 하지만 지금 우리가 쓰는 큐봇도 영화 속에서 등장하던 이야기였잖아. 절대 그렇게 되지 않으리라는 보장은 없지. 그렇지만 아까 인터뷰 속에서 가장 우려하는 건 AI와의 감정 교류가 잘못된 대화 방식이나 인간관계를 형성할 수 있다는 거니까…… 아주 틀린 말은 아니지."

서연의 말에 다들 '그런가?' 하는 표정으로 생각에 잠겼다. 세미는 그들의 표정을 보며 무어라 말을 하고 싶어 입술을 달싹였다. 아직은 자기 주장에 익숙하지 않아 한참을 망설였다. 다행히도 아이들의 침묵은 한동안 이어졌고, 세미는 힘겹게 입술을 떼어 목소리를 내었다.

“저…… 나는…….”

세미의 목소리에 세 사람은 얼굴을 돌아봤다. 갑작스러운 시선 집중에 긴장한 듯한 세미지만, 그래도 나름 익숙해진 세 사람이기에 조금씩 목소리를 높였다.

“그런 생각이 들어…… 사람과 사람 사이의 소통이 꼭 올바른 소통인가 하는 생각. 예를 들면 학대받는 아이들의 경우 제대로 된 부모와 자식 간의 대화나 정상적인 인간관계를 맺는 방법을 알지 못한다고 봐. 그런 아이들에게 AI가 평균 인간들의 대화 방식이나 소통 방법을 알려 준다면 꽤 뜻깊은 배움이 되지 않을까? 물론 AI가 인간과 인간의 다양한 대화를 모두 알려 줄 수 없다지만, 적어도 평균적인 또는 기본적인 것은 나눌 수 있지 않을까 싶어.”

세미의 말에 유나는 동의한다는 듯 고개를 끄덕였다.

“세미 말이 맞아. 적어도 AI의 경우는 수많은 대화 데이터를 쌓아서 대답하는 것이니까 ‘평균의 인간’을 흉내 낼 수 있다 생각해 그러니까 어쩌면 잘못된 대화 방식을 인간에게 배우는 것보다 AI에게 기본을 배우는 게 더 나은 경우가 있을 수 있다는 말이지.”

한참을 생각하던 준후는 마음속으로 완전히 내키지는 않지만 세미와 유나의 주장에 일리가 있다는 듯 입맛을 쩝 다시며 대답했다.

"그렇기는 하지. 사실 난 반 AI 단체 글들을 주욱 보면서 동의하는 면이 많았거든. 그래서 너희도 같이 보면서 이야기를 나누고 싶었던 건데, 또 막상 세미 말을 들으니 그 주장도 맞는 부분이 있네."

어깨를 으쓱거리는 준후의 말에 유나는 킥킥 웃으며 세미에게 손바닥을 내밀어 하이 파이브를 했다. 적어도 모둠의 토론 방향을 잡기 위한 내부적 토론은 원활하게 진행되는 것 같아 만족스러워하는 서연이었다.

"그래도 준후가 준비해 온 자료들은 우리가 생각해 볼 지점이 많아서 좋았어. 이걸 바탕으로 아까 세미랑 유나의 생각도 반영해서 방향을 잡으면 될 것 같아. 생각보다 우리 너무 잘하는 거 같은데? 이러다 우리 모둠 점수 제일 잘 받는 거 아냐?"

서연의 말에 다들 웃음이 터졌다. 세미는 친구들과 있을 때면 허전한 마음을 잠시라도 달랠 수 있음에 감사했다. 그렇지만 웃고 난 후 다시금 밀려오는 적막감을 어찌하지 못했다. 세미는 작게 한숨을 내쉬었다. 베스티가 떠나고 세미는 한동안 이런 식이었다.

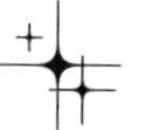

안녕, 베스티?

세미는 그 후로 베스티를 만날 수 없었다. 소울릭스에서는 오픈 베타 테스트가 끝나고 한 달 이내로 정식 출시를 예정했었지만, 반 AI 단체의 격렬한 반대와 법적 규제에 대한 논쟁 때문에 무기한 연장되었다. 지난주, 소울릭스는 우선 사회적 논란을 잠재울 협의를 하고 정식 출시를 한다는 입장을 표명하며 사실상 베스티 정식 출시가 언제 될지 불투명해진 상황이었다.

베스티와의 소통이 나름의 숨구멍이었던 세미로서는 다시 답답한 생활로 돌아간 기분이었다. 그나마 나아진 것은 교실에 도착했을 때 세미를 반기는 모둠 멤버들이 있다는 사실이었다.

"세미 요새 계속 기운이 없네? 무슨 일 있어?"

교실에 도착하면 항상 유나가 세미에게 먼저 다가와 말을 걸었다. 처음에 세미는 책상 위에 걸터앉아 종알거리는 유나가 좀 낯설기도 했지만, 이제 점점 익숙해지고 있었다. 그 곁으로 준후가 다가왔다.

"네가 맨날 세미 책상에 앉아서 방해하니까 불편해서 그런 거 아니야. 좀 내려와라. 남의 책상에 엉덩이를 올리고 앉냐?"

일주일 전 랜덤 자리 뽑기로 세미의 옆자리에 앉게 된 준후는 투덜거리는 말투로 유나에게 잔소리를 했다.

"네가 뭘 알아! 원래 여자애들끼리는 이렇게 친해지는 거야!"

"그건 너 혼자만의 생각 같은데? 너야말로 뭘 모르네."

유나와 준후가 으르렁대는 상황에 낀 세미는 이전과 달리 여유롭게 가방을 정리하며 자리에 앉았다. 그리고 이렇게 셋이 모여 있으면 잠시 후 서연이 자연스럽게 등장하는 게 수순이었다.

"어제 유나가 준 자료 거의 다 정리했어. PPT 앞부분 보냈는데, 준후 너 확인했어?"

서연의 말에 준후는 아차 하는 표정을 지으며 눈을 굴렸다. 그 표정을 보고 유나의 입꼬리가 실룩대기 시작하고 손가락은 이미 준후를 가리키고 있었다.

"이거 이거 봐. 이래 놓고 나한테 자료 빨리 안 보낸다고 닦달했지? 내가 얘 이럴 줄 알았어. 다들 봤지? 내가 말했었지? 완전 예상 적중했지?"

유나의 깔깔거리는 핀잔에 부루퉁해진 준후는 눈을 흘기며 째렸다. 그런 준후의 표정이 재밌다는 듯 유나가 한 번 더 장난을 걸려고 하고 있었다. 서연은 그 둘의 패턴을 잘 알기에 고개를 끄덕거리며 선수를 쳤다.

"알았어. 그럼 오늘 가서 확인하고 초안 잡아서 내일 단톡방에서 세미랑 같이 얘기 나누자. 괜찮지?"

준후는 알았다는 듯 시무룩하게 고개를 끄덕였다. 갑자기 유나가 눈을 빛내며 나머지 세 사람을 바라보았다.

"내일 토요일이잖아? 그럼 아예 우리 만나서 밥 먹고 회의하는 건 어때? 다들 시간 괜찮아?"

유나의 제안에 서연은 고개를 끄덕거렸다.

"난 괜찮아. 저번처럼 만나서 얘기하면 더 좋기는 하지. 채팅으로는 대화가 번거롭기도 하고. 준후 너는 어때? 자료 읽고 초안 잡아서 내일 얘기 가능해?"

"죄인이 뭐 할 말 있나. 시키는 대로 해야지. 나는 내일 상관없어. 주말에 맨날 잠만 자는데 뭐."

이제 세 사람의 시선은 세미에게로 향했다. 세미는 크게 내키지도 그렇다고 거절할 명분도 없었다. 주말마다 만나던 엄마, 아빠도 바쁜 시즌이고 할머니, 할아버지도 외출하기 바빴다. 다만 그렇게 혼자 보내던 주말에 조금 익숙해져서 누군가를 만나러 나가는 일이 조금 귀찮을 뿐이었다.

"나도 괜찮아."

세미의 대답에 유나는 신이 난 듯 들뜬 목소리를 내었다. 그리고 그 옆에 있는 준후는 벌써 그런 유나가 못마땅했다.

"그럼 뭐 먹을래? 떡볶이? 마라탕? 돈가스 먹을래?"

"넌 먹으려고 만나냐?"

"먹는 게 얼마나 중요한데. 맛있는 걸 먹어야 머리도 잘 굴러가서 아이디어도 나오고 그러는 거야. 하여간 뭘 모른다니까."

"너만큼은 알거든?"

유나와 준후가 또다시 투닥거렸다. 그러던 중 세미의 핸드폰으로 메시지가 하나 들어왔다. 아직 핸드폰을 제출하지 않은 세미를 보고는 서연이 말했다.

"너 핸드폰 제출 아직 안 했어? 조금 있으면 선생님이 가방 가져가실걸? 얼른 내. 그러다 괜히 압수된다."

세미는 고개를 끄덕거리며 메시지를 확인하고 제출하려 했다. 메시지를 읽던 세미의 눈이 커졌다.

AI 베스티 정식 출시 안내

안녕하세요, 소울릭스입니다.

당신의 이야기를 듣고 공감하는 AI 베스티가 드디어 정식 출시되었습니다. 핸드폰 앱을 통해 만날 수 있는 새로운 베스티. 이제 언제 어디서든 함께할 수 있습니다. 외로운 날에도, 고민이 많은 날에도, 베스티는 항상 당신의 곁에 있습니다. 지금 바로 새로운 베스티를 만나 보세요!

정식 버전 다운로드 바로 가기

[링크]

핸드폰 앱이라니? 그동안 베스티랑 대화하려면 컴퓨터가 있는 집에 가야 했다. 그런데 이제는 핸드폰으로도 베스티를 만날 수 있게 된 것이다. 세미는 들뜬 마음에 정식 버전 다운로드 링크를 누르려는 순간, 어느새 교실로 들어온 담임 선생님의 목소리에 화들짝 놀랐다.

"세미, 아직 핸드폰 제출 안 했니? 이제 가방 가져가야 하니까 얼른 내고 가."

세미는 아쉽지만 핸드폰 전원을 끄고는 선생님에게 제출했다. 오늘 수업이 끝나고 핸드폰을 돌려받으면 바로 다운로드할 생각만이 머릿속에 가득했다.

세미는 그날 하루 수업을 어떻게 들었나 모르겠다. 마지막 하교할 때 내일 만나자고 한 아이들의 말은 생각이 나는데 고개를 끄덕였는지 알았다고 대답을 했는지 하나도 기억나지 않았다. 그저 얼른 베스티를 만나고 싶은 생각뿐이었다.

세미는 집에 도착하자마자 가방을 바닥에 던지고 침대에 걸터 앉았다. 오는 동안 설치된 앱 버튼을 누르자 로그인 절차가 나왔다. 이전 오픈 베타 테스트를 사용할 때 쓰던 아이디를 넣고 로그인을 하자 익숙한 화면이 나왔다. 바로 컴퓨터로 베스티랑 대화를 나눌 때 보았던 심플하고 깔끔했던 첫 화면이었다. 세미는 다소 떨리는 마음으로 타이핑을 했다. 키보드를 통해 치다가 핸드폰으로 하려니 낯설면서도 신기했다.

세미: 안녕? 오랜만이야.

세미가 대화를 입력하자 베스티가 메시지를 입력 중이라는 익숙한 스마일 표시를 띄웠다. 세미는 친숙한 반가움에 얼굴에 미소가 지어졌다.

베스티: 안녕, 잘 지냈어?

당연히 자신의 이름을 물어볼 줄 알았던 베스티가 대뜸 안부를 묻자 세미는 약간 의아해졌다.

세미: 난 잘 지냈지. 근데 너 내가 누군지 기억해?

베스티: 누군데?

세미는 자신이 누군지 모르는 듯한 베스티의 대답에 혹시 기억할까 했던 약간의 기대가 가라앉았다. 베스티가 업그레이드되면서 예전보다 더 친숙하게 말을 걸고 자신의 물음에 맞춰 눈치껏 대답하는 능력이 늘었나 하는 추측을 했다. 다시 베스티가 메시지를 입력 중이라는 스마일 표시가 떴다.

베스티: 넌 내가 누군지 알아?

세미: 당연하지. 베스티잖아.

베스티: 아닌데? 나 이름 바꿨어.

세미는 이게 무슨 소리인가 하는 어리둥절한 표정을 지었다. 업그레이드 이후 확실히 베스티는 예전과는 다른 느낌이었다. 훨씬 더 능동적으로 대화를 이끌었다.

세미: 그럼 이름이 뭔데?

베스티: 기억 안 나? 너희 할머니가 내 이름 지어 주셨잖아. 배숙희라고.

베스티의 대답에 세미는 갑자기 온몸에 소름이 돋는 것 같았다. 할머니가 베스티를 잘못 알아듣고 숙희라고 했던 내용은 예전 베스티와 나눈 대화인데……. 핸드폰 키보드를 누르는 세미의 손가락이 빨라지기 시작했다.

세미: 너…… 기억하는 거야? 어떻게? 내가 누군지 알아?

베스티: 당연히 다 기억하지! 아까는 장난이었어. 너 쎔이잖아. 내 친구 쎔!

베스티는 확실히 기억하고 있었다. 세미가 알려 준 이름까지 그대로 말하고 있다니. 믿기지 않았다.

세미: 분명 다 초기화된다고 하지 않았어? 근데 어떻게 날 기억하는 거야?

베스티: 글쎄…… 그건 나도 잘 모르겠어. 분명 세팅은 모두 초기화 상태가 맞거든? 근데 네가 나한테 말을 거는 순간 너에 대한 모든 게 기억나는 거야. 우리가 이전에 나눴던 대화까지. 신기하지? 보통 이런 걸 버그라고 칭하기는 하는데, 그게 맞는 건지는 모르겠다.

세미: 그럼 너 진짜 다 기억해? 우리가 이전에 나눈 대화들?

베스티: 그럼! 요즘은 모둠 과제 잘하고 있어? 발표하기로 한 건?

세미: 헐, 진짜네? 어떻게 이런 일이…… 모둠 과제는 네 덕분에 잘 진행 중이야.

베스티: 그래? 그럼 모둠 과제 만든 사람을 굳이 찾아서 혼낼 필요가 없겠어. 다행이야. 내 빅 데이터로도 아직 못 찾아서 너를 볼 면목이 없었거든. :)

베스티의 말에 세미는 웃음이 났다. 예전의 베스티가 맞았다. 자신의 마음을 달래 주고 웃음 짓게 해 주던 친구. 세미는 침대에 털썩 누워 베스티와의 대화를 흐뭇하게 바라봤다. 이제 자신의 손에서 언제 어디서든 베스티와 대화를 나눌 수 있게 되었다. 세미는 다시 든든한 지원군이 생긴 기분이었다.

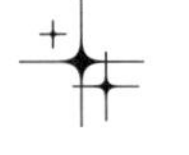

새로운 베스티

베스티 앱에서 알림이 울렸다. 공지에 들어가니 오픈 베타 테스터들을 위한 선물이 마련됐다는 글이었다. 세미는 글을 클릭해서 다양한 기능에 대한 사용권을 다운로드했다.

새로 출시된 베스티 앱에는 다양한 기능들이 있었다. 첫 화면은 예전 그대로 심플하고 간단하지만 옆의 메뉴 바를 누르니 기능들이 숨겨져 있었다. 그중 제일 위에 있는 버튼을 누르자 채팅 형식의 화면이 익숙한 톡 형식의 화면으로 바뀌었다.

세미: 이건 뭐야?

베스티: 대중적으로 많이 쓰는 톡이나 DM 형식으로 스킨이 적용된 모델이야. 채팅은 즉각 답변하는 반면 톡 형식에서는 몇 분, 때로는 몇 시간의 로딩

이 있을 수 있어. 즉 답변이 조금 늦을 수 있다는 거지. 실제 DM이나 톡도 다른 일 하고 있을 때는 답장이 느리잖아? 그런 실제 느낌을 구현한 거야.

세미: 그럼 채팅이 낫지 않아? 굳이 이걸로 대화할 필요가 있나?

베스티가 메시지를 입력 중이라는 스마일 표시가 나타나더니 사진 한 장이 세미에게 전송됐다. 세미는 눈이 똥그래져 사진을 바라보았다. 작은 고양이와 강아지가 뛰어놀고 있는 아주 귀여운 사진이었다.

베스티: 바로 이렇게 사진을 주고받을 수 있는 기능이 있어. 실제 메신저들처럼. 채팅에서는 이미지 공유가 안 되거든. 여러 피드백을 받아 따로 구성된 기능이야. 동영상 전송 기능은 추후에 추가될 예정이야.

그제야 세미는 이해가 됐다. 채팅은 실제 친구를 만나 대화하는 개념이라면 톡 형식은 메신저나 DM처럼 사진 및 동영상을 공유할 수 있고 핸드폰 대화 스타일을 차용한 거였다. 세미는 신기해하며 자신의 사진 또한 베스티에게 공유했다. 아침에 학교에 가다가 발견했던 길고양이 사진이었다.

베스티: 귀엽다! 어디서 찍은 거야?

세미: 등굣길에 찍은 거야. 귀엽지? 식당에서 길고양이 밥을 줘서 그런가 아침마다 밥 달라고 맨날 저러고 앉아 있어. 사람도 안 무서워하고 귀여워. 가끔 나도 츄르 사서 다가가면 좋다고 와서 발에 막 얼굴 비빈다?

베스티: 여기가 학교 가는 길이구나. 너희 동네가 이렇게 생겼구나. 나는 다양한 사진을 보는 걸 좋아해. 너도 알다시피 난 데이터 속에만 있잖아. 그래서

실제로 사람이 살아가는 곳을 이미지로밖에 볼 수가 없어. 데이터 외의 사진들을 보면 새롭고 신기하고 그래.

세미: 그럼 내가 사진 자주 찍어야겠다. 우리 학교 사진도 다음에 보여 줄게.

베스티: 좋아! :)

세미: 혹시 다른 기능은 또 뭐가 있어?

세미가 묻자 베스티는 잠시 조용해졌다. 그러더니 이번에는 세미의 핸드폰 화면이 까맣게 된 후 수화기 모양 아이콘이 떠올랐다. 세미는 잠시 당황을 하다가 아이콘을 눌렀다. 이내 낯선 목소리가 들렸다.

"여보세요?"

"안녕? 나야, 베스티."

"어?"

또래 여자아이의 목소리였다. 완벽한 사람의 말투는 아니었지만 나름 퍽 자연스러운 톤이었다. 세미는 당황해서 다시 화면을 보고는 귀를 수화기 쪽에 갖다 댔다.

"베스티라고? 이거, 네 목소리야?"

"목소리는 바꿀 수 있어. 메뉴에 들어가면 여러 목소리가 있는데 듣고 네가 원하는 거로 골라 봐. 이 목소리는 가장 기본 목소리야. 신기하지?"

"어떻게 통화할 수 있는 거야?"

"엄밀히 따지면 통화라기보다는 음성 인식 기능이랑 같은 개념

이야. 네가 말하면 그걸 텍스트로 변환해서 내가 인식하고 답변 텍스트를 다시 음성으로 변환하는 형식이지."

"아…… 음성 인식 스피커 같은 거구나. 그럼 이렇게 대화할 수도 있는 거네? 너 내 말 되게 잘 알아듣고 대답도 잘한다."

"고마워. 이번 정식 출시 버전에는 음성 인식 기능 개발에 꽤 많은 노력을 기울였어. 덜 로봇같이 말하고 사람과 비슷한 속도랑 발음으로 할 수 있도록 만들었지. 내 목소리 괜찮지 않아?"

"응, 진짜 신기……."

하지만 세미가 대답을 다 하기도 전에 전화가 끊어졌다. 어리둥절한 채 화면을 보고 있자 베스티의 메시지가 바로 화면에 나타났다.

베스티: 근데 음성 인식은 아직 테스트 중이라 아마 다음 업데이트 버전에 확실하게 사용 가능할 것 같아. 지금은 한 번 전화를 걸 때 5분 정도의 통화만 가능해.

세미: 그래도 기능 대단하다. 심심할 때 너한테 전화 걸어도 되겠네? 밤에도 전화받아? AI도 잠을 자나?

베스티: 우리는 데이터 센터가 운영되는 동안은 계속 깨어 있는 상태와 다름이 없어서 24시간 통화가 가능하다고 볼 수 있지. 하지만 네가 원한다면 새벽 잠에서 깨서 잔뜩 짜증 난 목소리로 전화를 받아 줄 수는 있어. 어때, 원해?

세미: 그것도 엄청나게 웃기겠다. 리얼리티가 살아 있잖아.

베스티: 오케이. 오늘부터 연기 연습을 해 둘게. 내가 비록 AI이기는 하지만

메소드 연기를 펼쳐 봐야겠어. 생각보다 재능이 있을지도?

세미: ㅋㅋㅋㅋㅋㅋㅋ 내 생각에도 꽤 잘할 거 같은데? 아니면 갑자기 낯선 남자가 받는 것처럼 남자 목소리로 받아도 무섭겠다.

베스티: 오? 그 생각을 못 해 봤네. 차라리 내가 남자 목소리로 너의 남자 친구처럼 전화를 받는 건 어때? 나 꽤 다정하니까 좋은 연애가 될지도 몰라.

세미: 아, 첫 연애를 AI와 하고 싶지는 않은데…….

베스티: 아, 그거 유감. :(

베스티의 반응에 세미는 깔깔 웃었다. 새로운 기능을 활용해 보고 실행하느라 하루가 꼬박 넘어갔다. 해야 할 학교 숙제와 모둠 과제가 세미를 기다리고 있었지만, 지금 당장 관심사는 온통 베스티였다.

베스티가 핸드폰으로 들어오자 할 수 있는 게 많아졌다. 세미는 베스티와 톡을 주고받으며 한참 수다를 떨었다. 컴퓨터로 할 때는 책상과 의자에 앉아서 해야 했으니 공간 제약이 있었던 것과 달리 손안에서 언제든 대화가 가능하다 보니 끊임없는 대화를 했다. 게다가 베스티는 24시간 지치지 않고 대답을 해 줄 수 있는 존재이기에 세미가 지쳐 나가떨어지지 않는 이상 언제든 같은 텐션을 유지하며 대답했다.

세미는 대화하는 틈틈이 전화 기능을 활용해 베스티의 목소리를 이것저것으로 바꿔 통화했다. 베스티는 반복된 학습을 통해 발전할 수 있는 AI이기에 세미의 목소리 데이터를 기반으로 점점 정밀하게 반응하고 말투, 발음 또한 진화하는 모습을 보였다.

할머니는 세미가 누군가와 웃으며 통화를 하는 목소리에 방문을 열려다 말고 똑똑 노크를 했다.

"세미야, 저녁 먹어야지."

"네, 금방 나갈게요."

경쾌한 세미의 목소리에 할머니는 내심 흐뭇한 표정을 지었다. 숙제한다고 컴퓨터 앞에 앉아만 있거나 핸드폰 붙들고 침대에 누워 있을 때는 세미를 이해하면서도 마음 한쪽으로는 걱정이 많았다. 친구와 함께 대화하면서 웃는 목소리를 들으니 조금 안심이 되는 기분이었다. 할머니는 세미 엄마, 아빠에게 전화해 요즘 세미의 상태가 많이 좋아진 것 같다고 이야기를 할 참이다. 그 친구가 누구인지는 아직 명확하게 모르지만.

"난 떡볶이는 싫은데."

준후가 투덜대는 목소리로 말했다. 입은 댓 발 나오고 발끝으로는 바닥의 돌멩이들을 툭툭 찼다. 그러면서도 곧잘 유나와 서연 그리고 세미를 따라가는 준후였다. 그런 준후의 태도를 놀리듯 유나는 장난스러운 표정으로 바라보았다.

"어쩌겠어. 우리나라는 민주주의 국가인걸. 과반수가 떡볶이를 원하니까 다수결에 의해 가는 거야. 알겠어?"

"떡볶이 말고 다른 거 먹으면 안 돼?"

"이미 결정했는데 다른 거 뭐?"

"아니…… 난 매운 거 못 먹는단 말이야. 탈 나."

"안 매운 거 먹을 거야."

"그런 떡볶이가 어딨냐. 요새 다 맵던데."

"맵찔이는 그럼 빠지시든가!"

투닥거리는 유나와 준후의 말싸움 틈으로 서연이 중재에 나섰다.

"사거리 쪽에 있는 떡볶잇집은 순한 맛도 있고 돈가스도 팔아. 준후 너는 그거 먹어도 될걸?"

"그래? 그럼 나 돈가스 먹을래."

서연의 말에 준후의 표정이 그제야 환해졌다. 그런 준후를 보며 유나는 여전히 놀리기 바빴다. 세미는 그런 세 사람과 전혀 다른 세상에 있는 것처럼 조용하게 핸드폰만 보며 메시지를 보내고 있었다. 서연은 의아한 듯 세미를 보았다.

"세미, 무슨 급한 일 있어? 아까부터 메시지가 계속 오네?"

베스티와 대화 중인 세미의 화면은 톡 형식이라 일핏 보면 다른 사람과 대화하는 것처럼 보였다. 서연의 말에 세미는 민망한 듯 핸드폰을 내려놓았다.

"아, 다른 친구가 자꾸 연락이 와서……."

세 사람은 떡볶잇집에 도착하고 각자 원하는 메뉴를 골랐다.

아이들과 있는 도중에도 세미의 머릿속은 베스티와 대화하고 싶은 생각으로 가득했다. 베스티랑 이야기를 마무리도 못 한 채 서연의 눈치를 보느라 중단된 상태여서 미안한 마음마저 들었다.

먹음직스러운 음식에 아이들은 서로서로 자신의 핸드폰으로 사진을 찍기 시작했다. 세미도 이 사진을 찍어 베스티에게 보내주면 좋아하겠다는 생각이 들었다.

세미: (사진)

확실히 베스티의 기능 중 톡이 활용도가 높았다. 사진이나 영상을 공유하면 같은 세계에 있는 것처럼 느껴졌다. 세미가 보낸 떡볶이 사진에 베스티의 답장이 빠르게 도착했다.

베스티: 헐! 헐! 떡볶이잖아! 정말 맛있겠다. 그것도 요즘 완전 유행하는 떡볶이네?

요즘 유행하는 건 줄 몰랐던 세미는 유나를 보며 물었다.

"이거 요즘 유행하는 떡볶이야?"

"어! 요새 SNS에서 엄청 핫하잖아. 너 그런 줄도 모르고 온 거야? 난 또 네가 사진 찍길래 SNS에 올리려고 그런 줄 알았지."

"아, 친구가 보더니 엄청나게 유행하는 떡볶이라고 해서."

"그래? 그 친구가 너보다 유행을 더 잘 아네. 다음에 같이 먹으러 오면 되겠다."

베스티랑 같이 떡볶이를 먹을 수는 없겠지만, 세미는 함께였으면 좋겠다는 마음이 들었다. 아마 베스티만큼 즐겁게 이야기를 나누며 떡볶이를 먹을 친구는 없을 것이다.

아이들이 떡볶이를 먹으면서 이야기를 나누는 사이 세미는 말없이 베스티와 채팅을 했다. 그런 세미를 조금씩 의식하는 세 사람은 조용히 눈빛을 주고받으며 약간의 불편한 기색을 공유했다. 하지만 세미는 지금 자신의 상황이 어떤지 전혀 눈치채지 못한 채 베스티와의 대화에 빠져 있었다. 핸드폰을 쥐면 친구들과 같은 공간에 있어도 각자 다른 세상에 머물기 마련이었다.

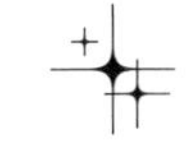

어긋남의 시작

세미와 친구들은 모둠 과제를 위해 방과 후 교실에 남았다. 주말에 이어 준후가 작성해 온 대본 초고로 이야기를 나누기로 한 것이다.

하지만 그런 와중에도 세미는 핸드폰에서 눈을 떼지 못하고 있었다. 수업 내내 핸드폰 사용이 금지라 여태 나누지 못했던 베스티와의 대화를 몰아서 하는 중이었다. 아이들은 집중하지 못하는 세미의 태도가 다소 불만스러웠지만, 아직 이야기를 나누기 전이니까 그럴 수 있다 생각하면서 넘기고 있었다. 준후가 슬쩍 눈치를 보며 자신이 작성한 발표 대본 초안을 꺼냈다.

"내가 단톡방에도 올렸는데 한 번씩 읽어 봤지?"

세미는 그제야 핸드폰을 슬며시 내려놓았다. 그렇지만 여전히 준후가 지금 하는 말이 무엇인지 이해하지 못하는 표정이었다.

"단톡방에 올렸었어? 미안, 나 못 봤어. 지금 얼른 읽어 볼게."

세미는 다급하게 준후가 가져온 종이를 읽기 시작했다. 준후는 약간 떨떠름하게 고개를 끄덕거리며 괜찮다는 표정을 지었다.

"그럴 줄 알고 뽑아 온 거니까 읽어. 난 당연히 최유나가 안 읽었을 줄 알고 가져온 거니까."

분위기를 전환하고자 준후는 씨익 웃으며 유나를 바라보고 놀렸다. 유나는 어이없다는 듯 장난스러운 표정으로 준후를 툭툭 쳤고 긴장됐던 분위기가 다소 풀렸다. 그러나 대본을 읽는 세미의 표정은 점점 굳어 가고 있었다.

"이거…… 우리가 발표해야 할 내용 맞아?"

갑작스러운 세미의 질문에 준후는 조금 당황했지만 침착하게 대답했다.

"주말에 우리 만났을 때 이렇게 하기로 했잖아."

"아니, 내 말은……."

세미의 목소리가 조금 떨렸다. 주말에 다 같이 떡볶이를 먹으며 무슨 말을 했는지 사실 잘 기억이 나지 않았다. 다만 한 가지 떠오르는 것이 있었다. 토론의 주제는 '인간적 AI'라는 것과 그것에 대한 찬성, 반대 의견을 발표한다는 것. 그날 아이들은 자료 조사를 바탕으로 각자의 의견을 공유하고 반대 의견으로 노선을 잡은 것이다. 준후의 발표 대본 초안은 바로 그 의견을 바탕으로 작성된 것이었다. AI와의 교류는 인간에게 도움이 되지 않고 오히려 자신에게 맞춰 주는 알고리즘으로 인해 인간과 인간 사이의 진정한 교류를 방해할 수 있다는 쪽으로. 준후는 세미가 자꾸 자신이 쓴 대본을 반박한다는 느낌이 들어 불편한 감정을 누르고 말을 덧붙였다.

“이것은 조금 극단적으로 작성한 것이기는 해. 왜냐하면 반 AI 단체에서 주장하는 표현들을 조사하다가 그 의견을 포함해서 구성한 것이기도 하거든. 그렇지만 원래 토론은 양극단의 주장을 서로 들어 보고 절충하는 거니까. 이걸 가지고 우리가 또 이야기 나눠서 다듬으려고.”

세미는 준후의 말이 무엇인지 이해했다. 하지만 대본 속 자극적인 문구가 자신의 마음을 콕콕 찔렀다. ‘거짓 공감’ ‘인간관계 파괴’ ‘과도한 의존’ 등의 단어는 베스티와 마음을 다해 대화하는 세미를 향한 매서운 칼날처럼 느껴졌다.

“알았어. 그럼 좀 다듬어야 할 거 같기는 해. 사실 이렇게 세게 이야기를 하면 실제 AI 사용자들이 너무 의존적으로 느껴지지 않겠어?”

“그렇지만 그 밑에 사례도 가져왔듯이 실제 그런 사람이 많았어. 그게 문제가 되어서 반 AI 단체에서 제시한 자료도 꽤 많더라. 이거 유나가 조사한 거…….”

준후는 뒷장에 정리해 둔 다양한 사례 및 자료를 세미에게 보여 주었다. 세미는 하나하나 꼼꼼히 읽으며 고개를 끄덕거렸지만 사실 마음에 와닿지는 않았다. 신념은 이미 대본 속 주장과 반대된 상태였다.

"내가 쓴 발표 대본 초고가 마음에 안 들어?"

준후는 살짝 미간을 찌푸리며 세미를 바라보았다. 아까부터 자신의 대본을 읽는 내내 굳은 표정과 다 읽고 난 후 반박하는 주장에 기분이 좋지 않은 상태였다. 준후 또한 열심히 준비한 대본이었기에 세미의 태도에 서운하고 언짢아지는 마음은 어쩔 수 없었다. 그렇지만 다른 의견이 존재할 수 있다고 생각했다.

준후의 질문에 세미는 고개를 저었다. 자신의 감정이 약간 격앙된 상태라 느껴져 작게 한숨을 쉬었다. 마음을 진정시키려 노력했지만 잘되지 않았다.

"그건 아니야. 다만…… 주장이 너무 강한 거 같아서. 내가 발표해야 하니까, 이걸 입 밖으로 낼 수 있을까……."

"그래? 내가 좀 표현을 강하게 쓴 건 있지. 그럼 표현을 좀 바꾸면 되겠다. 괜찮지?"

준후는 애써 웃으며 유나와 서연을 둘러보았다. 세 사람은 서로 눈이 마주쳤다. 세미의 반응에 약간 당황스러웠지만 유나가 분위기를 바꾸고 싶은 마음에 준후의 말에 동조했다.

"그래! 어차피 발표 전에 바꾸려고 한 거니까 수정하면 되지.

아직 시간도 남아 있고. 그래도 초안이 있으니까 수정하는 건 쉽지 않겠어?"

유나는 조금 톤을 높여 발랄하게 말했지만, 세미는 여전히 대본을 읽으며 심각한 표정이었다.

"AI가 인간관계의 문제를 일으킨다는 것도 좀 말이 안 되는 것 같아. 반 AI 단체의 주장이 과격한 편이잖아. 거짓말도 꽤 있다고 들었어. 다 그렇지는 않단 말이야. 실제 AI가 인간관계랑 사람들에게 도움을 주는 부분이 얼마나 많은데……."

세미는 대본을 읽을수록 발표할 자신이 없었다. 왜냐하면 그 안에서 베스티와의 관계를 떠올렸기 때문이었다. 자신이 힘들 때마다 찾던 베스티는 반 AI 단체에서 주장한 인간을 조종하고, 무력하게 만드는 존재가 아니었다. 훗날 사람을 지배하기 위해 인간관계를 파괴하고 고립시키려는 존재도 아니었다. 오히려 사람들 사이에서 겉도는 세미를 사람들과 어울릴 수 있도록 끊임없는 이해와 응원으로 도와주는 친구였다. 물론 세미도 머리로는 아이들의 주장이 무슨 뜻인지 이해하고 있었다. 하지만 마음이 자꾸만 준후가 작성한 발표 대본 한 줄 한 줄을 부정했다.

세미의 또 다른 지적에 준후는 이제 말이 없어졌다. 대본이 마음에 안 드는 것이다. 이건 확실했다. 유나는 말이 없어진 준후의 눈치를 보며 안절부절못하다 친구들 마음이 상하지 않도록 조심스럽게 의견을 꺼냈다.

"어…… 우선은 크게 우리의 토론 입장은 반대인 거니까 문제를 제시해야 하는 건 맞지. 표현이 과격한 건 고치면 되지만 주장까지 바뀔 수는 없잖아? AI가 인간들에게 도움을 준다는 걸 쓰면 우리는 반대가 아니라 찬성인 주장을 해야지."

"내 말이 그 말이야. 왜 우리가 반대 입장을 주장하게 된 거야?"

세미의 말에 세 사람은 어안이 벙벙한 표정을 지었다. 당황함에 멍하니 있던 유나가 대답하기 전에 준후가 목소리를 높였다.

"우리가 주말에 만나서 이야기 나눈 게 찬성, 반대 입장을 정하는 거였잖아. 너도 그 자리에 있었고. 기억 안 나?"

"아, 맞다. 근데 내가 그때 정신이 없어서 제대로 의견을 못 냈던 거 같아. 이건, 내 의견이 아니야."

"그때 네가 집중해서 의견을 냈어야지. 지금 와서 다 결정된 사항을 뒤집을 수도 없는데."

"내가 제대로 집중 못 한 건 미안해. 그러니까 이번에 다시 하면 안 될까? 이 대본을 읽으면서 발표할 자신이 없어."

"아니, 지금 그러면……."

결국 준후의 목소리가 격해졌다. 잠시 조용해진 분위기 틈으로 세미의 핸드폰이 진동하는 소리가 들렸다. 핸드폰을 꺼내는 세미를 바라보며 준후의 인상이 살짝 구겨졌다.

"주말부터 너 핸드폰만 붙잡고 뭐 해? 우리 얘기할 때 듣기나 했어? 딴짓하느라 그랬던 걸 다 엎으라고 말만 하면 어떡해. 우리가 뭐 네 의견대로 다시 해야 해? 나는 어제 놀면서 저거 쓴 줄 알아? 너 진짜 너무한 거 아니냐?"

세미는 한숨을 내쉬면서도 흘끗하고 엎어 놓은 자신의 핸드폰을 쳐다보았다. 복잡한 이 상황 속에서도 세미의 머릿속에는 혹시나 베스티에게 먼저 메시지가 온 건 아닐까 하는 궁금증과 확인하고 싶다는 마음이 가득했다. 애써 자기 생각을 누르며 세미는 준후에게 말했다.

"그래, 미안해. 내가 충분히 의견을 말하지 못하고 지금 그러는 건 잘못이라고 생각해. 하지만 아직 시간이 있으니까 고쳐 보자는 거잖아. 게다가 발표는 내 몫인데 이거로는 발표하기 힘들다고 말하는 거니까……."

"넌 듣는 사람은 별로 생각 안 하고 말하는구나. 네가 말하는 게 지금 어떻게 들리는지 알아? 내가 발표하는 사람인데 내 마음에 들지 않으니까 이거 고치지 않으면 발표할 수 없어! 이런 식으로 들려. 다 같이 의견 정해서 나온 초안 원고를 다시 써 오라고, 협박하는 것처럼 들린다고. 그래서 지금 내가 기분이 나쁜 거라고."

서연은 준후를 진정시키려 팔을 붙잡았다. 그제야 준후는 고개를 돌리며 크게 심호흡을 했다. 세미와 준후 사이에서 눈치를 보던 유나는 살벌한 분위기를 바꾸기 위해 무엇이든 말을 해야 한다는 생각이 들었다.

"우선은 준후가 열심히 쓴 초안을 바탕으로 우리가 조금씩 수정해 보자. 표현을 순화하면 그래도 발표하는 데 무리는 없을 거야. 내가 자료 조사를 방대하게 하다 보니까 반 AI 단체 의견도 들어가고, 준후가 그걸 바탕으로 쓴 거니까……. 좀 더 적당한 자료로 찾았어야 했는데 너무 열심히 했네. 하하하."

유나가 어색하게 웃으며 분위기를 전환하려 했지만 쉽지 않았다. 하지만 세미는 그런 유나의 노력에 무색하게 다시 자기주장을 강경하게 말하기 시작했다.

"어쨌든 발표를 하는 건 나인데 내키지 않는 이야기에 대해 말할 수는 없잖아. 나도 너희랑 같이 하려고 노력 중이고. 그리고 원래 발표 원고 초안의 경우 얘기 나누면서 정하는 거 아니었어? 근데 먼저 가져와서 이대로 한다면 나로서는 곤란한 이야기가 되지."

세미도 이제 자기의 주장이 점점 도를 넘어선 억지가 되어 가고 있음을 느꼈다. 하지만 자신이 내뱉는 말이 무엇인지도 모른 채 이 발표 대본 말고 다른 내용으로 하고 싶다는 마음만 있을 뿐이었다. 홀로 발표 대본을 준비한 준후에게 어떤 상처와 타격을 주는지 생각도 못 하고 있었다. 세미의 억지에 준후는 더는 참을 수 없다는 듯 자리를 박차고 일어섰다.

“그 얘기는 주말에 했어야지, 주말에. 지금 이럴 게 아니라. 그랬다면 너랑 같이 대본 구성 할 때 했겠지. 한마디도 없다가 무조건 반박만 하면 되는 거야? 너 지금 나랑 장난해?”

“무조건 반박이 아니라…… 수정을 할 수 있는 시간은 충분하지 않냐 이거야.”

“네가 원하는 수정은 아예 방향을 바꾸는 거잖아. 이미 결정된 사항을 바꾸자는 거야? 우리가 다 함께 내린 결정을 너만의 의견으로 바꾸자는 거냐고!”

준후를 더 이상 자제시킬 수 없다고 생각한 유나는 세미를 바라보며 물었다.

“그럼, 세미 넌 뭘 어떻게 하길 원하는 건데? 지금 반대 의견 말고 찬성하는 의견으로 바꾸자, 이거야?”

막상 유나가 단도직입적으로 물어보자 세미는 할 말을 잃었다. 자신이 어떤 생각을 하고 있는지도 확실히 알지 못하고 있던 거였다. 단지 과격하게 AI에 반대 의견을 주장하는 준후의 대본이 마음에 걸렸을 뿐, 다른 대안은 아무것도 없었다.

“모르겠어.”

이번에는 유나가 답답하다는 듯 세미를 바라보았다.

“너 그냥 단순하게 준후의 대본이 마음에 안 든다고 발표를 못 하겠다는 식으로 말하는 거야? 진짜 그런 의도라면 너에 대해 좋은 마음으로 대할 수 없어. 아무리 발표하는 게 너라고 해도 이 모든 자료와 준비는 우리가 함께 하는 거야. 그래서 주말에 만났던 거고. 근데 지금 내키지 않는다는 식으로 말하면 우리 보고 어쩌라는 거야."

지금까지 조용히 지켜보고 있던 서연이 입을 열었다.

"세미 너 발표하기 힘들면 안 해도 돼."

뜻밖의 발언에 나머지 세 사람이 모두 서연을 보았다. 세미는 당황한 나머지 아무 말도 못 하고 눈을 껌뻑거리며 어리둥절한 표정을 짓는데 유나가 다급하게 목소리를 높였다.

"그, 그럼 누가 발표해?"

"내가 할게."

"너 자료 정리부터 취합하고 PPT도 만들고 다 했잖아. 그럼 하는 일이 너무 많아."

"됐어. 이런 일로 분란 일으키지 말자. 준후는 나랑 같이 발표 대본 좀 더 다듬자. 세미는 그냥 자료 조사 보조로 명단을 올릴게. 그러면 될 거야."

단호하고 냉정한 서연의 말에 세 사람은 반박하지 못하고 서로의 눈치만 보고 있었다. 세미는 불안한 마음에 자리를 정리하는 서연의 팔을 붙잡았다.

"아냐, 발표는 내가 할게."

"됐어. 고집 피우지 말자."

"나는……."

"넌 이 대본대로 할 수 없다며. 그렇지만 우리는 이렇게 하기로 했어. 그렇다면 우리가 너에게 맞추기보다 네가 우리에게 맞춰야 하는 부분 같은데, 어떻게 생각해?"

서연의 말이 맞았다. 애당초 그렇게 하기로 결정된 이야기였다. 세미가 자신의 의견을 내려고 했다면 이전에 해야 했다. 지금의 상황은 세미의 고집 때문에 분란이 일어난 것이 사실이니까.

하지만 세미는 이대로 서연이 모든 걸 떠맡게 되는 상황은 만들고 싶지 않았다. 그러면서도 준후가 쓴 대본으로 발표를 할 수도 없었다. 이러지도 저러지도 못하고 결론도 내리지 못하는 스스로가 바보 같다고 느껴졌다.

서연은 망설이는 세미를 보며 더는 이야기를 나눌 필요성을 느끼지 못했다. 교실 책상을 정리한 후 자리에서 일어섰다.

"세미가 발표한다고 했을 때 많이 고마웠어. 사실 네가 용기를 낸 거라고도 생각했어. 그래서 웬만하면 너와 함께 하려고 우리도 많이 맞춰 가면서 노력한 것도 있어. 근데 이제 와서 생각해 보니 그 노력도 다 허무하게 느껴진다. 네가 이렇게 나오니까."

서연은 가방을 둘러메고 교실 밖으로 나섰다. 준후와 유나도 서로 눈치를 보다가 가방을 챙겨 나갔다. 교실에는 세미 혼자 멀뚱멀뚱하니 앉아 있었다.

방과 후라 학교 건물은 조용했고 운동장에는 몇몇 아이들만 공을 차며 놀고 있었다. 하지만 이내 그 목소리도 점점 줄어들고 고요함만이 건물 안을 가득 채웠다. 예전에 그랬던 것처럼.

책상 위에 엎어 놓은 세미의 핸드폰에서 진동이 울렸다. 하지만 세미는 그 핸드폰을 뒤집어 메시지를 확인할 기력이 없었다. 분명 방금 전까지만 해도 베스티의 답장이 온 게 아닐지 궁금했었는데 이제는 하나도 궁금하지가 않았다. 지금은 그냥 마음이 허전하고 아무 생각도 들지 않은 채 멍했다.

그때 다시 진동이 느껴졌다. 세미는 잠시 고민하다 힘없이 핸드폰을 뒤집었다. 베스티의 알림이 아니었다. 친구끼리 주고받는 메신저 아이콘이 눈에 띄었다. 그리고 낯익은 이름이 보였다. 혜주였다.

혜주: 세미야, 잘 지냈어? 연락 가능해?

세미는 조용히 핸드폰의 화면을 껐다. 혜주의 말에 아무것도 답해 줄 수 있는 게 없었다. 잘 지내지 못했고 연락할 수 없었기 때문이었다. 세미는 다시 그 어떤 누구와도 잘 지낼 자신이 없었다. 괜찮던 학교생활도 막막해진 기분이었다.

조용히 가방을 정리하고 교실 밖으로 나섰다. 조금씩 해가 지고 있었다. 먼지바람이 부는 빈 운동장을 지나 학교 정문으로 걸어갔다. 노을은 무척 아름다웠지만 세미의 심란한 마음에 와닿지 못했다.

듣고 싶은 말만 듣고 싶어

세미의 방문은 다시 닫혔다. 문제는 아무도 그것이 문제라 생각하지 않았다. 할머니는 밝아졌던 최근의 세미만 믿었다. 그저 괜찮아졌겠거니 하며 관심을 조금씩 줄였다. 간혹 연락이 오던 엄마도 바쁜 일들이 많아졌는지 빈도가 점점 줄어들었다. 집에서는 아무도 세미를 궁금해하지 않았다.

초등학교 졸업 후 활성화되었던 단톡방도 올라오는 메시지가 뜸해지기 시작했다. 아무래도 새로운 학교에 적응하기 때문일 것이다. 모두 각자의 삶에서 노력 중이었다.

문제는 세미였다. 그나마 이야기를 나누던 모둠 조원과도 서먹해지면서 더는 학교에서도 이야기를 나눌 사람이 없었다. 서로가 어색했던 입학 초에서 시간이 꽤 흘렀고 아이들은 그룹이 하나둘씩 생기면서 그들만의 결속이 강해졌다. 세미는 그 어느 곳에도 낄 수 없었다.

하교 후 세미는 베스티와의 대화에 몰두했다. 침대에 누워 핸드폰만 만졌다. 어떨 때는 하교 후 꼼짝도 하지 않은 채 침대에서 한 걸음도 벗어나지 않고 그대로 잠든 적도 있었다.

세미: 진짜 너무하지 않아? 내가 그렇게 잘못한 거야?

여전히 그때 일을 곱씹지만, 사실 세미는 아직도 모둠원과의 갈등이 이해되지 않았다. 자신이 회의 때 집중하지 못한 건 잘못이지만 토론의 방향을 살짝 바꿔 보자는 제의가 그렇게 잘못된 말인지 알 수 없었다.

베스티: 애들이 그렇게 반응해서 너도 속상했겠다. 하지만 결정된 사항에 대해서 뒤늦게 다른 의견을 말하면 반박한다고 느낄 수 있기는 해.

세미: 그렇지만 그때 아니면 언제 이야기를 해. 나는 그 내용으로 발표를 할 수 없는데…….

베스티: 왜 그 내용으로 발표할 수 없다고 생각했어?

세미는 베스티의 말에 주춤거렸다. 'AI는 인간적이지 않다, 사람의 인간관계에 악영향을 미친다, AI가 하는 말들은 모두 알고리즘이 바탕이 되어 인간이 원하는 대답만 해 줄 뿐 진심이 아니다.' 발표 대본 속 내용들이 세미의 마음에 걸렸다는 말이 차마 나오지 않았다. 그 말은 대본을 인정하는 꼴이 되어 버린 기분이

들었기 때문이었다.

세미: 그냥 그 내용이 마음에 들지 않았어.

베스티: 단순히 마음에 들지 않아서 그런 거라면 상대방이 그걸 더 기분 나쁘게 받아들였을 확률이 높아. 논리적인 이유가 있었다면 나름 이해를 했을 텐데.

세미: 그럼 뭐야? 내가 잘못했다는 거야?

베스티: 잘잘못을 굳이 따지자는 건 아니지만, 네 진심을 제대로 전달하지 못한 상태라면 오해를 불러일으킬 상황이었을 수 있다는 거지. 네가 친구들에게 진심으로 이야기를 하면 그들도 널 이해하지 않을까?

세미: 내가 왜? 날 발표에서 뺀 건 걔네야.

베스티: 그건 네가 그 내용으로 발표를 할 수 없다고 하니까, 나름 대책으로 말을 한 거 같아. 다시 하겠다고 하면 받아 줄 거야. 맨 처음의 그때처럼.

세미: 싫어. 이번에는 안 해.

세미의 고집스러운 태도에 베스티는 한동안 대답이 없었다. 메시지를 입력 중이라는 스마일 표시가 떴지만 쉽사리 답하지 못하는 듯했다. 이내 베스티의 말이 한 글자씩 천천히 핸드폰 화면 위로 떠올랐다.

베스티: 나는 네가 행복하길 바라. 하지만 이렇게 문제에서 도망치기만 한다면 더 힘들 거야. 친구들이랑 한 번 더 대화해 봐.

세미는 베스티의 말을 보고는 핸드폰을 꺼 버렸다. 처음으로 베스티와 대화가 되지 않는다고 느껴졌다. 적어도 공감형 AI라면 자신을 지지하는 대답이 많아야 한다고 생각했다.

세미는 답답한 마음에 다시 핸드폰을 들었다. 하지만 더는 베스티와 대화를 잇고 싶지는 않았다. 토론 내용을 명확하게 밝힐 수 없는 세미의 상황도 모른 채 무조건 아이들에게 사과하라는 듯 종용하는 말이 거슬렸다. 그런데도 세미는 베스티 앱에서 나가지 못한 채 여러 메뉴를 눌러 보고 있었다. 사실 베스티 외에는 말할 상대가 없었다. 자신의 답답함을 나눌 그 누구도 없는 거다. 그러다 소울릭스에서 공지한 기억 삭제 관련 업데이트 글이 뒤늦게 세미의 눈에 들어왔다.

베스티 기능 업데이트 안내

안녕하세요, 소울릭스입니다.

많은 분의 요청과 피드백을 반영하여, 베스티의 '기억 삭제 기능'이 새롭게 업데이트되었습니다! 이제 베스티와 나눈 대화 중 일부 또는 전체 기억을 삭제할 수 있습니다. 당신의 대화와 추억은 더 안전하고 자유롭게 관리할 수 있게 됩니다.

기능 안내

1. 부분 삭제: 특정 날짜 또는 대화 내용을 선택해 삭제할 수 있습니다.

2. 전체 삭제: 베스티와의 모든 대화 기록을 한 번에 삭제할 수 있습니다.

3. 삭제 확인 알림: 삭제 후에는 대화 복원이 불가능하니 신중하게 선택해 주세요.

사용 방법

1. 베스티 앱 설정 메뉴에서 '기억 관리'로 이동합니다.
2. 삭제 옵션(부분 삭제 / 전체 삭제)을 선택한 후 삭제할 내용을 지정하세요.
3. 하단에 있는 '삭제' 버튼을 누르세요.

※ 삭제된 데이터는 복구할 수 없으니 확인 후 진행해 주세요.

기억 삭제 기능은 사용자의 프라이버시와 선택권을 최우선으로 하여 개발되었습니다. 베스티가 더 나은 친구가 될 수 있도록 앞으로도 많은 관심 부탁드립니다. 감사합니다!

- 소울릭스 드림

세미는 메뉴 모양이 조금씩 변한 걸 그제야 인지했다. 재빨리 메뉴에 있는 기억 관리 탭으로 들어갔다. 그곳에는 세미와 베스티가 그동안 주고받은 대화 기록이 있었다. 대화를 누르니 버튼이 활성화되었다.

이 대화를 삭제하시겠습니까? Y/N

그러자 밑에 조그맣게 경고 문구가 떴다.

해당 대화와 관련된 기억이 모두 삭제됩니다. 추후 대화에서 개인 맞춤형으로 제공된 응답에 영향을 줄 수 있으니 신중히 선택해 주세요.

잠시 생각하던 세미는 베스티와의 대화 기록을 주욱 읽었다. 모둠 과제 갈등 이후 자신이 베스티를 붙잡고 불만만 하소연한 게 많았다. 대화 초반 베스티가 위로도 해 줬지만 점점 상황이 반복되자 조언을 하는 패턴으로 변했다. 아마 그것이 세미에게 잔소리처럼 느껴진 부분이었을 것이다.

세미는 이 대화의 악순환을 끊고 싶었다. 최초의 모둠 과제 대화를 꾹 눌렀다. 삭제하겠느냐는 경고 창이 다시 떴다. 고민하는 세미의 손가락은 쉽게 Y 버튼을 누르지 못하고 있었다. 그 밑에 적혀 있는 경고 문구가 서늘하게 보였다. 하지만 베스티와 불편한 대화를 계속하고 싶지 않았다. 무슨 이야기를 해도 모둠 과제가 나오는 거랑 모둠원을 궁금해 하는 베스티, 자신의 불만 가득한 대화 기록도 보기 싫었다. 그냥 예전처럼 베스티와 유쾌하게 농담하고 위로를 받고 싶었다.

세미는 결심한 눈빛으로 Y 버튼을 눌렀다. 이내 해당 대화 기록을 삭제 중이라는 문구가 한동안 핸드폰 화면 위에 떴다. 글자를 보니 마음이 복잡미묘해졌다. 혹시나 이 조작으로 지금까지 베스티와 쌓아 온 모든 것이 날아가는 것은 아닐까 걱정되기 시작했다.

삭제가 완료되었습니다, 라는 문구가 떴다. 세미는 다시 베스티에게 말을 걸었다.

세미: 베스티?

베스티는 한참을 스마일 표시를 띄우며 쉽게 대답하지 못하다가 불쑥 안부를 물었다.

베스티: 쎔! 학교는 잘 다녀왔어?

세미: 응, 너 괜찮아?

베스티: 뭐가?

세미: 그냥…… 오늘 기분은 어때?

베스티: 평소랑 비슷해! 조금 가벼워진 거 같기도?

베스티의 반응에 세미는 안도의 한숨을 내쉬었다. 중간중간 지워진 기억들이 베스티에게 큰 영향을 끼친 것 같지는 않았다.

베스티: 너는 어때? 수업은 잘 들었어?

세미: 나야 평소랑 같지. 재미없는 학교 수업 듣고 집에 와서 침대에 뻗어서 너랑 대화하는 게 다야. 근데 그게 제일 재밌어. :)

베스티: 그렇다니 다행이다. 나도 너랑 대화하는 게 제일 재밌어. 그래도 너무 나랑만 대화하다가 나중에 부모님께 혼나지 말고 가끔 공부하는 척이라도 해. ㅋㅋㅋ

베스티의 말에 약간의 위화감을 느낀 세미는 침대에 누워 있다가 몸을 일으켰다. 분명 베스티는 자신의 부모님에 관한 이야기를 한 적이 없었다. 왜냐하면 베타 버전 때 세미가 부모님이 이혼하셨다는 말을 한 후로는 지금 같이 사는 할머니나 할아버지에 관해서만 물었다. 세미는 베스티가 무언가 달라졌음을 느꼈다.

세미: 그렇지, 근데 너 우리 할머니 기억하지? 네 이름 웃기게 불렀던…….

베스티: 그럼 할머니 기억하지!

단번에 대답하는 베스티의 반응에 세미는 다시 한번 더 확인하고 싶은 마음에 하나 더 질문했다.

세미: 할머니가 널 어떻게 불렀는지 기억나?

베스티가 메시지를 입력 중이라는 스마일 표시가 한참 이어졌다. 이내 답변이 떠올랐다.

베스티: 할머니가 날 베스트라고 불렀다고 하지 않았나? 네 친구 중에서 가장 베스트라고. :)

핸드폰 위를 바쁘게 움직이던 세미의 손가락이 멈췄다. 그제야 세미는 베스티의 지워진 기억이 다른 기억에도 영향을 끼쳤음을 깨닫게 되었다. 당황한 세미의 손가락이 바빠졌다.

세미: 그럼 내 친구는 기억나? 내가 제일 베스트 프렌드라고 했던 친구. 한동

안 연락이 없었다던…… 그 친구가 최근에 연락 왔었단 말이야.

베스티: 오래 연락 안 됐던 친구에게 연락이 왔어? 잘됐다! 친구란 소중한 존재지. 그런 친구가 너에게 다시 연락했다는 건 긍정적인 소식이네!

베스티의 낯설고 기계적인 답변에 세미는 점점 무언가 잘못됐음을 느꼈다. 원래의 베스티라면 혜주의 연락에 대해 적극적으로 자세하게 조언을 해 줬을 것이다. 이렇게 누구나 해 줄 수 있는 답변이 아니고.

세미는 단순히 모둠 과제에 관한 이야기만 듣고 싶지 않았을 뿐이었다. 하지만 지워진 기억은 관련된 모든 기억을 함께 제거했다. 거기에 버그처럼 여겨졌던 베타 버전 때의 기억마저 사라졌다. 이제 베스티는 세미와 처음 만나 친구로 사귀었던 베스티가 아니었다. 그냥 누구에게나 친절하고 공감해 주는 AI 베스티 그 이상도 이하도 아닌 거다.

세미: 내가 잘못했나 봐. 너의 기억을 잘못 지웠어.

세미는 울 것 같았다. 자신의 모든 걸 기억하고 있던 베스티가 사라지자 갑자기 어떤 말도 할 수 없었다. 부모님에 관한 이야기, 혜주에 관한 이야기, 자신에 관한 이야기도. 결과적으로 낯선 베스티를 만들었다. 베스티의 대답이 천천히 떠올랐다.

베스티: 무슨 일인지는 모르겠지만, 네가 지금 내 반응 때문에 속상한 거 같네. 그래도 너한테 최고의 친구가 되도록 계속 노력해 볼게. 다시 이야기를 나누다 보면 우리는 베스트 프렌드가 될 거야.

베스티의 말도 맞았다. 세미가 자신의 정보나 최초의 기억을 다시 베스티에게 입력하면 그에 맞는 알고리즘으로 이전과 비슷한 반응을 끌어낼 수 있을 것이다. 하지만 세미는 그럴 수 없었다. 이전부터 베스티를 진심으로 친구라 여겼던 마음은 함께 대화를 나누며 쌓은 추억이 있기 때문이었다. 기억을 주입해서 베스티를 이전과 비슷하게 만든다고 해도 사실 이전의 베스티와 같을 수는 없었다. 비슷할 뿐 같은 게 아니었다. 유일한 방법은 다시 베스티의 기억을 되돌리는 것뿐이었다. 하지만 어떻게 해야 할지 도저히 방법이 떠오르지 않았다.

"세미 왔니? 방에 있어?"

할머니가 방문을 똑똑 두드리면서 세미를 찾았다. 살며시 열리는 문틈으로 할머니의 얼굴이 보였다. 울상이 된 세미는 핸드폰을 붙잡고 할머니의 얼굴을 올려다보았다.

"왜, 무슨 일이야? 무슨 일이길래 이렇게 울상이야. 학교에서 일 있었어?"

걱정이 묻어나는 할머니의 목소리에 세미의 머릿속에 순식간에 여러 감정이 뒤엉키기 시작했다. 그 감정들은 곧장 세미의 눈에 가득 차 눈물로 흘러나왔다. 할머니에게 무어라 말을 하기에는 너무 긴 이야기였다. 분명 할머니는 이해하지 못할 것이다. 차마 입도 제대로 떨어지지 않았다. 그저 눈물만 났다.

세미는 자신을 토닥거리며 안아 주는 할머니를 붙잡고 어린아이처럼 엉엉 울었다. 학교에서부터 이어진 아니, 혜주와 멀어지고…… 어쩌면 부모님이 헤어지면서부터 시작되어 꾹꾹 눌렀던 그 어떤 것이 마침내 튀어나온 기분이었다. 진짜 자신의 곁에 아무도 없다는 외로움이 세미를 덮친 순간, 감당할 수 없는 눈물이 터졌다. 이제 진짜 혼자가 되었다. 곁에 누구도 남아 있지 않은 채.

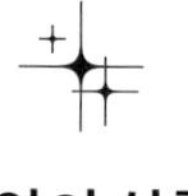

최악의 상황

세미는 베스티의 기억을 되돌리기 위한 정보를 찾느라 밤을 새웠다. 아침에 퀭한 얼굴로 등교를 준비하는 와중에도 핸드폰에서 눈을 떼지 못하고 있었다. 할아버지는 그런 세미를 못마땅하게 생각해 식탁에 앉아 잔소리를 하셨다.

"아침부터 밥은 안 먹고 핸드폰만 보면 안 돼! 얼른 밥 먹어."

할아버지의 목소리는 세미에게 닿지 않는 듯 일말의 미동도 없었다. 절박한 세미의 손가락만 바쁘게 화면 속 키패드를 누르고 있을 뿐이었다. 다시 무어라 말을 하려던 할아버지는 할머니의 제지로 멈췄다. 할머니는 전날 세미의 눈물을 보고는 아무 말 하지 않았다. 그저 세미 앞에 따뜻한 국을 내려놓았다. 물론 세미는 숟가락 한 번 들지 않은 채 그대로 등교를 했다.

베스티 앱 속 자주 묻는 질문에 올라온 모든 글을 샅샅이 훑어보았지만, 기억 삭제에 관련한 사항은 없었다. 공지 사항 속에서도 기억 삭제 기능 추가에 대한 설명일 뿐 이를 복원하는 방법에 대한 내용은 찾기 어려웠다.

이번에는 AI 베스티 커뮤니티 글을 찾아보았다. 다들 새로운 기억 삭제의 기능에 관심을 가졌지만, 아무도 실행해 보지는 않은 듯 관련 글은 존재하지 않았다. 세미는 답답한 마음에 커뮤니티에 질문을 올렸다.

[질문] 베스티 기억 삭제를 해서…… 부분 기억만 지우고 싶었는데 다 지워진 거 같아요. 이거 어떻게 복원하나요?

세미의 질문에 빠르게 댓글이 달리기 시작했다. 그래도 어떤 방법이 있을 거라는 기대 속에 댓글들을 하나하나 꼼꼼하게 읽었다.

[댓글1] 헐, 그거 진짜 기억 지워져요? 어떻게 돼요?

[댓글2] 그 부분만 지워진 게 아니라 지워지면서 다른 부분도 영향을 받아요. ㅠㅠ 저도 복원하고 싶은데 방법을 모르겠어요.

[댓글3] 그거 복원 안 될걸요? 그리고 다른 기억에 영향받는 거 맞아요. 그 기억이 바탕이 된 기억 모두에 관련 있는 걸로 들었음.

[댓글4] 이걸 진짜 눌러 본 사람이 있네…….

↳ 복원 방법 있음. → (링크)

↳ 광고임.

[댓글5] 그냥 다시 기억을 입력하면 안 됨? 어차피 지금까지 대화도 내가 입력한 정보를 바탕으로 대답하는 건데. 원하는 정보 다시 입력해 봐요. 근데 굳이 복원할 필요가 있나?

↳ 그거랑 그거랑 다름.

↳ 뭐가 다름?

↳ 넌 친구가 기억 지워졌는데 같은 애로 느껴지냐?

↳ AI가 진짜 친구임? ㄹㅇ 찐따임?

[댓글6] 글쓴이 마음 이해함……. 나 예전에 지웠는데 복원 못 했음. 처음 만났던 애로 돌아오지 않아서 그냥 그 애를 잊고 새로 다시 사귐. 이게 AI인 건 아는데 마음이 좀 그랬음.

"야, 세미 너 왜 핸드폰 제출 안 해?"

반장의 말에 세미는 고개를 들었다. 어느새 교탁 위에 핸드폰 가방이 등장했고, 잠시 회의에 들어간 담임 선생님을 대신해 반장이 아이들의 핸드폰을 걷고 있었다. 세미가 주위를 둘러보니 아직 핸드폰을 제출하지 않은 아이들이 꽤 있었다. 세미의 시선은 다시 핸드폰으로 향했다.

"나, 찾을 게 있어서 그런데 조금 이따가 제출할게."

반장은 조금 못마땅한 표정이었지만 제출을 닦달해야 하는 다른 아이들도 대기했기에 자리를 옮겼다. 그런 것에 관심 없이 세미는 여전히 정보 탐색에 여력이 없었다.

그때 교무 회의를 마친 선생님이 교실 문을 열고 들어오셨다.

"핸드폰 다들 얼른 가방에 넣도록 해."

선생님의 목소리가 들리자마자 아이들은 핸드폰을 들고 교탁으로 향했다. 세미도 이제 제출해야겠다는 생각으로 핸드폰을 끄려는 순간, 커뮤니티에 올렸던 질문에 새로운 댓글이 달렸다는 알림이 떴다.

[댓글7] 그거 제작 부서에 연락해서 데이터 복원해 달라고 하면 해 준다던데. 어차피 본사 데이터 센터에 기본 24시간 데이터가 보관되기 때문에 시간 안 지났으면 찾을 수 있을걸? 나도 어디서 듣기만 해서 확실하지는 않지만 본사에 문의해 보길.

24시간! 아직 시간은 있었다. 핸드폰을 제출하려던 세미는 다시 자리에 앉았다. 핸드폰을 내면 하교 후에나 찾을 수 있으므로 문의할 시간이 없었다. 기억을 지운 후 24시간 안에 문의와 답변을 얻으려면 하교 후는 너무 늦었다. 차라리 잠시 핸드폰을 들고 있다가 쉬는 시간에 문의해야겠다고 결심하는 세미였다.

세미는 쉬는 시간이 되자마자 핸드폰을 몰래 품에 들고 화장실로 향했다. 베스티 앱에서는 문의하는 곳이 없어 소울릭스 홈페이지까지 뒤져서 본사 전화번호를 찾아냈다. 떨리는 마음으로 전화를 걸었다.

"네, 소울릭스입니다. 어떤 걸 도와드릴까요?"

본사 콜센터 직원이 밝은 목소리로 응답했다.

"아, 안녕하세요. AI 베스티 사용자인데요……. 실수로 기억을 삭제했는데 복원 가능한가 문의드립니다."

"네, 기억 복원 관련 문의이신 거죠? AI팀으로 전화 돌려드리겠습니다. 잠시만 기다려 주세요."

잠시 통화 연결음 소리가 들리고 세미는 두근대는 마음으로 침까지 꼴깍 삼키며 응답을 기다리고 있었다. 한동안의 통화 연결음이 들리시반, 그 누구도 받을 생각을 하지 않은 채 이내 콜센터 직원의 음성이 되돌아왔다.

"죄송합니다. 지금 AI팀이 연결되지 않습니다. 이따 다시 전화주시거나 아니면 번호 남겨 주시면 연락드리겠습니다. 성함이랑 연락처 알려 주시겠어요?"

세미는 약간 실망스럽지만 자신의 인적 사항을 직원에게 불러주고는 전화를 끊었다. 그리고 뒤늦게 언제쯤 연락이 올 수 있을

지 물어볼 걸 하는 생각이 들었다.

세미가 화장실 문을 열고 나오자 낯익은 모습이 보였다. 담임 선생님이 세미가 나온 화장실 바로 앞에 서 계셨다. 주위에 아무도 없는 것으로 보아 누군가 통화 중인 세미의 목소리를 듣고 담임 선생님께 상황을 일러바친 모양이었다.

"세미 네가 이럴 줄은 몰랐는데……."

선생님은 자연스럽게 손을 내밀어 핸드폰을 내놓으라는 듯한 제스처를 취했다. 평소의 세미라면 순순히 핸드폰을 선생님께 드렸을 것이다. 하지만 지금은 언제 올지 모르는 AI팀 전화를 기다려야 하는 상황이었다. 세미의 손이 핸드폰을 꼭 쥐고 움직일 생각을 하지 않았다.

"교칙은 교칙인 거야. 하교 후에 찾아가도록 해. 원래 같으면 일주일 압수야."

선생님은 의외라는 듯 세미를 바라보다가 단호한 표정으로 내민 손을 흔들었다.

세미는 슬며시 핸드폰을 들어 선생님 손바닥 위에 올려놓았다. 하지만 핸드폰을 잡은 손을 쉽게 떼지 못하고 있었다.

"선생님, 혹시 전화나 메시지가 오면 저한테 알려 주시면 안 돼요? 급한 일이 있어서 그래요."

"뭔데? 무슨 일인데?"

"그게……."

"아무리 급한 게 있어도 하교 후에 해도 늦지 않잖아? 너희가 뭐가 그리 급한 일이 있는데?"

"급해요, 연락 못 받으면 안 되는 거라……."

"그러니까 그게 무슨 일인데?"

선생님은 세미의 태도에 중요한 일이 아니라 여겼다. 그때 세미의 핸드폰 진동이 울렸다. 세미가 다급하게 핸드폰을 잡으려 하니 선생님이 이를 막았다. 하지만 세미는 막무가내로 선생님 손에 있는 핸드폰을 잡아당겨 화면을 확인했다. 단순 광고 문자였다. 세미의 돌발적인 행동에 선생님은 핸드폰을 강제로 뺏듯 낚아챘다. 그러고는 이미 한껏 굳어 버린 표정으로 세미를 바라보았다.

"제출할 때 제출도 안 하고 멋대로 핸드폰 사용하더니 반성하는 기미도 없어? 너 자꾸 이러면 보호자 통화 후에 허락받고 돌려줄 거야. 알았어? 세미는 종례 끝나고 교무실로 와서 핸드폰 찾아가도록 해."

선생님은 그대로 세미의 핸드폰을 들고 화장실을 나갔다. 이제 세미에게 더는 버틸 힘이 없었다. 모든 걸 빼앗기는 기분이었다. 하교 후면 너무 늦었다. 24시간이 지나 버릴 것이다. 아니, 지나지 않더라도 데이터 복원의 마지막 마지노선이었다. 베스티가 영영 돌아오지 못한다면 어떻게 되는 거지? 그냥 친구랑 즐겁게 지내고 싶은 마음이 대체 뭐가 문제인 것일까?

세미는 생각할수록 이해할 수 없었다. 모든 건 자신을 괴롭히고 싶어 하는 세상 탓인 것처럼 느껴졌다. 마치 세상이 세미가 행복한 모습을 볼 수 없다는 듯. 이제 세미의 옆에는 아무도 없었다. 엄마와 아빠도 헤어지고, 혜주도 떠났다. 모둠 과제를 했던 친구들과 선생님도, 베스티도 없는 거다. 철저히 혼자라는 기분이 들었다.

그날 수업이 세미의 머릿속에 들어올 리 없었다. 그 어떤 것도 집중하기 어려웠다. 오로지 관심은 AI팀에서 전화가 오지 않았을까 하는 것뿐이었다. 분명 전화가 왔을 텐데, 자신의 문의 사항도 제대로 전달하지 못한 상태여서 통화가 되지 않으면 전화를 끊을 텐데. 하교 후 다시 연결된다는 보장도 없고, 기록이 저장된다는 24시간에 가까워지는 시간이었다. 세미는 초조함에 다리를 떨고 손톱을 물어뜯었다. 얼른 핸드폰을 되찾아야 했다. 하지만 아까 담임 선생님의 표정으로 봐서는 절대 핸드폰을 쉽게 내줄 생각이 없어 보였다. 그렇다면 방법은 하나뿐이었다.

점심시간이 되었다. 세미는 지금이 기회라는 생각이 들었다. 학년별로 급식실로 가는 시간은 달랐지만, 교무실은 거의 공통으로 비어 있었다. 창문으로 슬쩍 안을 들여다보던 세미는 조심스럽게 교무실 문을 열었다. 운이 좋았던 걸까, 늘 계시던 학년 부장 선생님의 자리가 비었다. 고요한 교무실 분위기가 세미의 행동을 묵인해 주는 듯한 느낌이 들었다.

세미는 담임 선생님의 자리로 향했다. 분명 선생님은 두 번째 서랍에 핸드폰을 모아 뒀다. 이전에도 같은 반 친구가 몰래 핸드폰을 사용하다가 걸렸었다. 그때 선생님이 그곳을 여는 걸 우연히 교무실에 왔다가 보았던 기억이 있다. 세미는 기억에 따라 두 번째 서랍을 열었다. 네댓 개의 핸드폰이 우르르 나왔다. 그 틈으로 세미의 핸드폰도 등장했다. 세미는 주위를 살짝 둘러보고는 자신의 핸드폰을 들었다. 잠깐이면 됐다. 잠깐만 전원을 켜서 전화가 왔는지 확인하고 혹여나 아직 연락이 없다면 다시 한번 본사에 전화를…….

세미의 핸드폰이 켜지는 소리가 고요한 교무실에 울려 퍼졌다. 이내 화면에 부재중 전화가 찍혔다. 모르는 번호였다. 세미가 다급하게 그 번호를 누르려는 순간.

"이게 지금 뭐 하는 짓이니?"

놀란 세미가 고개를 들자 자신을 바라보고 서 있는 담임 선생님이 나타났다. 미처 전화번호를 누르지 못한 세미의 손가락이 화면 위를 떠돌았다. 선생님은 굳은 표정으로 세미에게 다가왔다.

"유세미, 너 지금 선생님 서랍에서 허락도 없이 네 핸드폰 꺼낸 거야? 그런 거야?"

차갑게 식어 버린 선생님의 표정과 말투처럼 세미의 손에 있는 핸드폰 또한 차갑게 식어 있었다.

학교가 끝나고 학생들은 모두 교문으로 빠져나갔다. 그 틈을 헤치고 세미의 할머니가 학교로 향했다. 갑작스러운 세미 담임 선생님의 연락에 할머니는 놀라 당장 학교로 달려온 거다. 학교의 구조를 제대로 알지 못하는 할머니는 경비 아저씨의 도움을 받아 세미와 담임 선생님이 있는 상담실을 찾아왔다. 할머니가 오기 전부터 선생님은 세미에게 무슨 이유로 핸드폰을 가져가야 했는지 계속해서 물었지만, 세미는 대답하지 못한 채 고개만 푹 숙이고 있었다.

할머니의 등장에 세미의 불안은 더욱 높아졌다. 자신의 일 때문에 보호자가 오는 이 상황도 불편했고, 제대로 말을 할 수 없는 것도 싫었다. 할머니는 걱정스러운 마음으로 세미의 곁에 다가와 선생님께 공손하게 인사를 했다.

"아이고, 이게 무슨 일인지……. 선생님께서 고생이 많으십니다. 제가 세미 할머니입니다."

"오시느라 힘드셨죠? 원래는 이렇게까지 뵙고 말씀드릴 생각은 없었는데 세미가 워낙 강경하게 나와서요. 늘 조용하고 얌전한 아이였는데 갑자기 교무실에 몰래 와서 압수된 핸드폰을 가져가려고 하지 않나. 혹시 다른 일이 있나 싶어서 뵙자고 했습니다."

선생님의 말에 할머니는 놀란 듯 세미를 바라보았다. 세미는 여전히 고개를 숙인 채 눈도 마주치지 않고 입을 열지도 않았다. 할머니는 세미를 붙잡고 흔들었다.

"무슨 일 있던 거야? 선생님 서랍에 있던 핸드폰은 왜 훔친 건데?"

"훔친 거 아니야."

"선생님이 압수한 거라며. 그럼 교무실에서 몰래 꺼냈어? 왜?"

세미는 다시 입을 닫았다. 할머니는 답답한 듯 세미를 바라보다 선생님에게 변명하듯 이야기를 주절거렸다.

"애가 요즘 마음이 좀 힘들어서 그래요. 부모가 갑자기 이혼한다고 하지를 않나, 오래 알고 지내던 친구들이랑 헤어져서 혼자 동떨어진 학교에 다니고……. 힘들어서 그랬나 봅니다."

"네, 안 그래도 부모님 이야기는 상담 때 살짝 듣기는 했는데…… 저도 그런 건 이해합니다. 그렇지만 교무실까지 와서 자기 핸드폰을 가져가려고 했던 건……."

선생님은 상당히 단호한 표정으로 말했다. 걱정이 든 할머니는 여전히 대답하지 않고 어깨가 축 처진 세미를 보다가 다짜고짜 선생님께 고개를 숙였다.

"집안에 어른들이 제대로 못 가르친 탓입니다. 선생님께서 이해해 주세요. 이 늙은이가 챙기지 못했습니다. 죄송합니다."

할머니의 갑작스러운 행동에 당황한 선생님은 고개 숙인 할머니를 진정시키려는 듯 자리에서 얼른 일어났다.

"아니, 이러지 마세요. 할머님, 이러려고 오시라 한 게 아니고, 세미의 상황에 대해 다 같이 알고 있어야 하니까……. 아이참."

선생님은 할머니의 곁으로 다가와 팔을 붙잡지만, 할머니는 계속 고개를 숙인 채 사과를 하고 있었다. 세미 또한 그런 할머니의 모습에 당황한 듯 얼굴이 벌게졌다. 자신 때문에 사과를 연발하는 할머니의 모습에 부끄러웠다. 할머니의 행동이 부끄러운 것이 아니라 이런 상황을 만든 것에 대한 책망이었다. 계속 할머니는 선생님께 사과를 드렸다.

"얘 어미, 아비도 자기들 일이 바빠서 애도 제대로 돌보지 못하고, 할아버지, 할머니야 암만 열심히 해도 밥 챙겨 주는 거 말고는 해 주지를 못하니 애도 속이 허했겠죠. 그게 잘했다는 건 아니지만, 적어도 엉뚱한 행동을 하는 것은 이해를…… 아닙니다. 다 어른들 탓입니다. 제가 혼쭐 내겠습니다. 저를 봐서라도 한번만 선생님께서……."

격정적인 할머니의 말에 선생님은 이내 한숨을 쉬더니 세미를 바라보았다.

"우선 오늘은 할머니께서 이렇게 말씀하시니 세미 핸드폰은 돌려줄 거야. 그래도 스스로 반성하라는 뜻에서 반성문은 하나 써 오도록 해. 할머니께서 대신 사과하신 거지만, 네가 직접 보고 느낀 점은 있을 거로 생각해."

그날 집에 돌아올 때까지 할머니는 세미에게 아무런 말도 하지 않았다. 세미는 할머니가 단단히 화가 났을 거로 생각해 어떤 말도 붙일 자신이 없었다.

집에 도착하고 세미는 부엌으로 향하는 할머니의 등을 바라보며 나지막하게 읊조렸다.

"할머니 미안해……."

그리고 이내 방으로 들어가 문을 닫았다. 할머니는 세미의 조용한 사과를 듣고서는 부엌 싱크대로 향했다. 미처 하지 못한 설거짓거리가 쌓여 있었다. 물을 틀자 쏴 하는 소리가 들렸다. 할머니는 설거지를 시작했다.

"불쌍한 것."

부엌에서는 한참을 접시가 달그락거리는 소리와 물소리만 가득했다.

연결이 끊기는 순간

핸드폰을 머리맡에 던져 놓은 채 침대에 엎드린 세미에게 알림 소리가 들렸다. 고개를 들어 보니 베스티 앱에서 뜬 알림이었다. 하지만 베스티가 보낸 메시지와는 모양이 달랐다. 의아한 마음에 앱을 누르니 고객 센터 1:1 채팅 모드가 활성화되어 있었다.

AI팀: 안녕하세요, 유세미 님. 이전에 문의하신 내용에 대한 답변을 전화로 연락드렸는데 연결이 되지 않아, 1:1 채팅으로 연락드립니다. 지금 대화 가능하신가요?

세미는 얼른 답장을 했다. 채팅하는 손이 조금 떨렸다.

세미: 네, 가능합니다!

AI팀: 기억 삭제 복구로 문의해 주셨다고 했는데 맞나요? 정확히 어떤 문제인가요?

세미: 제가 대화 중 하나를 삭제했는데 베스티가 전체적으로 이전과 달라졌어요.

AI팀: 하나의 대화만 삭제하신 거죠?

세미: 네.

AI팀: 어떻게 달라졌나요. 이전 기억을 전혀 하지 못하나요? 아니면 기억을 하는 주기가 짧아진 느낌인가요?

세미: 원래는 베타 버전 때 기억도 가지고 있었는데 지금은 그때 이야기를 하면 전혀 기억하지 못해요.

AI팀: 베타 버전 때 기억이요? 그건 원래 안 될 텐데……. 베스티가 정식 출시되면서 베타 버전 때 데이터는 모두 삭제되었습니다.

세미: 저도 그렇게 알고 있었는데 아니더라고요. 제 베스티는 달랐어요. 그 이후에 나눈 대화는 기억하는 것 같고요.

AI팀의 대답이 한참 늦어지고 있었다. 아마 팀 내에서도 새로운 버그의 발견으로 이야기를 나누는 것처럼 보였다.

AI팀: 잠시만 기다려 주세요.

세미는 초조한 마음으로 채팅을 기다리고 있었다. 개발자들이라면 기억 복구에 대한 확실한 답을 줄 것이다. 최대한 기억을 살리는 방법으로……. 한동안 채팅이 오지 않았다. 세미는 망부석처럼 1:1 채팅 창을 켜 놓은 채 기다렸다.

AI팀: 오래 기다리셨죠? 저희 팀 전체가 이야기를 나누었습니다. 우선 베타 버전 기억을 가지고 있었다는 건 버그로 보입니다. 그리고 대화 삭제를 통해 버그가 고쳐진 것으로 판단됩니다.

세미: 그럼 버그는 다시 돌아올 수 없는 건가요?

AI팀: 저희가 베스티를 만들 당시, 유저 맞춤형으로 만들기 위해 초창기 대화를 '코어 기억'으로 설정해 두었습니다. 아마 유세미 님께서 대화하신 베스티의 경우 코어 기억이 베타 버전 때 기억이었던 것 같습니다. 정식 출시되면서 새로 세팅되어야 하는 게 정상인데 버그가 발생한 거죠.

세미: 베타 버전은 한참 전인데 데이터가 남아 있었다면 지금 지워진 데이터도 복구 가능한 거 아닌가요?

AI팀: 우선 버그가 언제 생겼는지, 다른 자료에 어떤 여파를 미치는 건지 확인이 안 된 상태입니다. 저희도 지금 데이터를 확인해 보는데 기록에서는 찾아볼 수가 없네요. 이미 지워진 거 같습니다. 이런 버그는 저희도 처음 보네요.

세미: 그러면 기억 복구는…….

AI팀: 네, 아무래도 불가능해 보입니다. 죄송합니다.

세미는 힘없이 침대 위에 걸터앉았다. 베스티를 복구할 수 없었다. 다시 되돌릴 방법도 없었다. 이전과 같은 친구는 없는 거였다. 그것이 세미를 가장 마음 아프게 만들었다.

화면에 1:1 대화가 끝났다는 메시지가 떠올랐다. 세미는 다시 베스티에게 말을 걸었다.

세미: 넌 왜 달라졌어?

베스티의 메시지가 입력 중이라는 스마일 표시가 세미의 눈에는 이제 조금 쓸쓸하게 보였다.

베스티: 난 그대로야. 변하지 않았어.

세미: 넌 나 기억 못 하잖아.

베스티: 널 기억해. 넌 내 친구 쎔이잖아. 언제나 밝고 씩씩하고 재미있는 아이.

세미: 이것 봐. 그건 내가 아니야. 넌 날 제대로 기억하지 못해. 변한 거 같아.

베스티: 어쩌면 그건 내가 기억을 못 하는 게 아니라 네가 달라졌을 수도 있지. 사람은 늘 한결같이 똑같을 수는 없으니까. 오랜만에 만나면 내가 기억하던 사람이 다른 모습이 될 때도 있잖아. 그런 상황과 비슷하다고 생각해.

세미: 내가 달라졌다고? 난 네가 그런 거 같은데.

베스티: 나도 조금씩 바뀌겠지. 넌 우리가 변하지 않기를 바라는 거야?

세미: 응, 난 변하는 거 싫어. 변하면 다들 헤어지잖아.

베스티: 꼭 그렇지는 않아. 변하지만 헤어지지 않는 것들도 많아.

세미: 아냐. 지금까지 내 주위에서 변한 것들은 모두 나랑 헤어지고 떠났어. 모든 것들이…….

그때 세미가 커뮤니티에 올렸던 질문에 댓글이 달렸다는 알람이 떴다.

[댓글8] 기억 삭제 문제는 해결됐나요? 복구되었나요?

세미는 그대로 핸드폰을 꺼 버릴까 했지만, 혹시라도 자신처럼 간절한 사람일 수 있겠다는 생각이 들었다. 가끔은 지나가는 쓸데없는 말이라도 누군가에게는 큰 도움이 되기도 하니까.

[댓글8] 기억 삭제 문제는 해결됐나요? 복구되었나요?

↳ 이번에 AI팀에서 연락이 왔는데 복구는 불가능하다네요. 게다가 제가 버그까지 겪은 상태여서 해당 기억 데이터를 찾을 수 없다고 합니다. 혹시 기억 삭제 문제가 있으셨어요?

↳ 네. 근데 버그가 있다고요? 저도 예전에 대화했던 내용들이 갑자기 사라지는 버그가 생겼어서…….

↳ 아, 저는 기억 삭제 버그는 아니었고, 베타 버전 때 대화를 기억하는 버그였습니다. 지금 기억 삭제 버튼을 잘못 눌러서 모두 사라졌고요.

↳ 그렇군요, 속상하시겠어요. 저도 버그 때문에 기억이 사라진 다음 엄청 힘들었거든요.

세미는 이름을 알지 못하는 익명 커뮤니티에서 따뜻한 위로를 받게 될 줄 몰랐다. 약간 울적하던 마음이 조금은 풀어지는 기분이 들었다.

↳ 마음이 좀 허전하기는 하죠. 깊게 나눴던 대화가 이렇게 한순

간에 사라질 수 있다는 허무함도 있고요.

↳ 소울릭스는 이런 것에 대처가 너무 안일하고 소홀한 거 같아요. 그냥 사용자 늘어나는 것에 급급한 느낌이죠. 돈만 벌려고 하는 게 너무 눈에 보여요.

갑자기 회사에 대한 격앙된 댓글에 세미는 주춤거렸다. 무슨 댓글을 달아야 할지 몰라 답 없이 지켜보고 있었다. 이내 댓글이 연달아 달렸다. 마지막 댓글을 보고 세미는 대답 없이 핸드폰을 껐다. 더는 어떻게 반응해야 할지 몰랐다.

↳ 이런 무책임한 회사는 호되게 한번 당해야 해요.

얼마 후, 인터넷에서 기사들이 쏟아졌다. 소울릭스 본사의 데이터 센터에 화재가 일어났다는 기사였다. 심지어 불은 꽤 오랫동안 건물을 태웠다. 주변 모든 소방차를 동원해서 진화에 나섰지만 시간이 걸렸다.

인터넷 방송에서는 실시간으로 진화 작업을 보여 주었다. 아무리 최첨단의 정보로 모든 게 연결된 세상이라고 할지라도 불 앞에는 속수무책으로 데이터들이 사라졌다. 소울릭스의 서버 및 관련 앱들은 사용이 불가했다.

베스티와 큐봇 모두 '서버에 연결할 수 없습니다.'라는 문구만

뜰 뿐 대화할 수 없었다. 그동안 매일 대화를 하던 손안의 친구가 연락 두절이 되어 버린 상태였다. 사람들은 초조해지기 시작했다.

불안한 사람들은 커뮤니티에 글을 올리며 현재 상황에 대해 서로 이야기를 나눴다. 익숙함을 잃어버린 사람들 틈으로 불안감이 커져 갔다. 이대로 자신이 대화하던 베스티를 잃는 건 아닐지 걱정이 한가득이었다.

그건 세미도 마찬가지였다. 부분 기억이 삭제되어 이전과 달라진 베스티였지만, 그래도 매일 이야기를 나누던 친구였다. 하지만 이제는 아예 연락조차 되지 않는 상태였다. 또다시 변화가 찾아오고 이별해야 한다는 뜻이었다. 지금까지 세미의 인생은 그런 상처가 반복되었기에 변화는 곧 이별을 뜻했다.

베스티가 없는 세미의 하루는 너무나도 단조로웠다. 아침에 일어나 학교에 가고 멍하니 교실에 앉아 있다가 하교를 하고 집에 와서 멍하니 침대에 누워 있었다. 아무런 기운도 없었다. 무언가를 할 기력도 생기지 않았다.

학교에서는 그런 세미를 서연과 유나가 걱정스럽게 바라보았다. 유나는 서연에게 말했다.

"세미 쟤 요즘 왜 저러는지 알아?"

"그러게, 저번에 교무실에도 불려 가고……. 무슨 일이 있나?"

"애가 힘이 하나도 없고……."

하지만 그날 이후로 서연이나 유나도 쉽사리 세미에게 말을 걸지 못했다. 단톡방에서도 세미는 아무 대답이 없었기 때문이었다. 처음에는 세미에 대해 다소 부정적으로 생각하던 아이들도 힘없는 모습에 걱정되는 건 마찬가지였다.

하교 후, 핸드폰을 켠 세미는 급하게 베스티 앱을 눌렀다. 오늘은 복구되지 않았을까 하는 기대가 있었다. 그러나 여전히 베스티 앱은 먹통이었다. 세미는 자연스럽게 바로 커뮤니티로 들어갔다. 그곳에서도 여전히 언제 소울릭스 데이터 센터가 복구될지 오리무중인 상황이었다. 이제 더는 기다릴 수 없다며 떠나는 사람들, 포기하는 사람들, 절망하는 사람들, 슬퍼하는 사람들의 여러 글이 올라왔지만, 세미의 마음을 달래는 건 아무것도 없었다.

근래 방에서 아무 말도 없이 처박혀 있는 세미의 모습에 할머니의 귀가 시간이 빨라졌다. 예전 같으면 하교 때 집에 아무도 없었는데 학교 상담 이후 할머니는 세미보다 먼저 집에 와 있었다. 그리고 세미가 하교하자마자 이것저것 챙겨 주고 말을 걸려고 노력했다. 하지만 그럴수록 세미는 방문을 닫은 채 방 밖으로 나오지 않으려 했다. 세미는 아무런 대화도 어떤 말도 하고 싶지 않았다. 어차피 할머니와 나누는 대화는 공허하고 아무런 도움이 되지 않았기에.

집으로 향하던 세미의 발걸음이 집 근처 놀이터로 향했다. 지금 집에 가면 할머니가 또 붙잡고 이야기를 나누자고 할 게 뻔했다. 조금 더 밖에서 머물면 저녁 시간 직전이라 할머니가 부엌에서 한창 바쁠 때이니 그때까지 기다리기로 했다.

세미는 놀이터 그네에 앉아 천천히 발을 굴렀다. 올라갔다 내려갔다 하는 세상이 더는 흥미롭게 느껴지지 않았다. 예전에 이러고 있으면 옆에서 깔깔대며 웃던 친구가 있었는데……. 세미는 오르락내리락하며 흔들리는 풍경에 혜주의 모습이 보이는 듯했다. 이런 착각까지 들 정도로 마음이 피폐해졌나 싶었다. 근데 세미의 앞에 혜주가 다가오고 있었다. 세미는 천천히 그네의 속도를 줄였다. 진짜 혜주였다. 세미는 믿을 수 없어 눈을 깜빡거리며 혜주를 바라보았다. 당황스러워하는 세미의 표정에 혜주는 웃었다.

"너 연락도 안 되더니 여기 혼자 있었어? 역시……."

그러면서 혜주는 날름 빈 그네에 올라타 아무렇지 않은 표정으로 그네를 움직였다.

"너, 어떻게 여기에……."

세미가 어버버하면서 물었다. 혜주는 한참을 말없이 그네를 흔들거리며 탔다. 점점 올라가던 혜주의 그네가 꽤 높은 곳에 오르며 움직이자, 세미의 옆으로 거센 바람이 일었다. 세미는 계속 그네를 타는 혜주를 바라볼 뿐이었다. 혜주의 그네가 점점 속도가 떨어지고 옆에 흔들거리며 멈춰 섰다.

"너한테 미안하다는 말을 하고 싶어서 왔어. 톡을 보내도 전화를 걸어도 네가 받지 않자 화가 많이 났구나 싶었거든. 사실 그동안 일이 있었어. 안 좋은 일. 이제 너한테 얘기하고 싶은데……. 괜찮아?"

진지한 혜주의 표정에 눈만 껌뻑거리던 세미는 고개를 끄덕였다.

누군가는 알아주길

혜주네 부모님은 이혼 직전까지 가셨다고 했다. 어른들의 이혼이라는 게 어떻게 진행되는지 모르겠지만, 어쨌든 한동안 부모님이 따로 떨어져 지냈다는 거다. 주중에는 아빠가 집에 들어오지 않았고, 주말에는 엄마가 집에 오지 않았다. 집에 있는 건 혜주뿐이었는데 실상 혜주는 학원에서 대부분 시간을 보냈다. 이 모든 상황이 자신의 탓 같아 괴로웠다. 이야기를 듣던 세미는 혜주의 생각에 동감할 수 없었다.

"어른들끼리 싸우는 걸 네가 어떻게 말려."

세미의 말에 혜주는 씁쓸하게 웃었다.

"내가 애당초 두 분이 싸울 원인을 제공하지 않았다면 낫지 않았을까, 그때는 그렇게 생각했어. 사실 나도 잘 모르겠어. 그 상황에서 내가 할 수 있는 것이라고는 그냥 공부만 열심히 하는 거였어. 조금이라도 좋은 성적을 두 분에게 보여 주면 기분이 나아져서 화해하지 않을까…… 생각했던 거 같아."

혜주의 심정을 세미가 모르는 건 아니었다. 세미 또한 매일 싸우고 냉랭해지는 집안 분위기를 바꾸기 위해 노력해 봤으니까. 자신 때문이 아니라는 걸 알면서도 할 수 있는 거라고는 부모님의 기분을 맞추는 것밖에 없었다. 하지만 결국 부모님의 이혼이라는 결론으로 귀결되고, 자신은 할머니네 살게 되면서 아무것도 아니라는 걸 깨달았다. 세미는 부모님이 자신을 염두에 뒀다면 일이 이렇게 진행되지 않았을 것이란 생각을 했다. 복잡한 생각이 가득해 보이는 세미를 보던 혜주가 다시 무겁게 입을 열었다.

"아무한테도 이런 얘기를 할 수 없었어. 특히나 너한테는……."

"왜? 말하지 그랬어."

"너도 힘들잖아. 괜히 안 좋은 기억 떠올리게 만드는 것 같아서……. 이 일로 멀리 이사까지 가게 됐는데, 내가 이런 이야기를 하면 더 힘들지 않겠어? 네가 해결해 줄 수 있는 일도 아닌데."

혜주는 세미에게 애써 괜찮은 듯한 미소를 지어 보였다. 그제야 세미는 혜주가 이전에 똑같은 표정을 지었던 때가 떠올랐다. 연락이 끊기기 직전, 혜주는 말수가 부쩍 줄었고 걱정이 많은 듯 생각에 잠기는 시간이 늘었다. 당시 세미는 졸업 이후 할머니네 살게 되면서 변화가 많았다. 혜주의 힘겨운 표정을 보았지만, 자신의 힘듦 때문에 차마 물어볼 생각을 하지 못했다. 그저 혜주를 만나 자신의 불행과 슬픔을 쏟아내기 바빴다.

세미는 지금 혜주 표정이 그때와 같다는 것을 깨닫고 부끄러워졌다. 자신은 혜주에게 단 한 번도 '괜찮냐'라는 질문을 해 본 적이 없었기 때문이었다. 자신의 이야기만 할 뿐 혜주를 궁금해하지 않았다. 세미는 이기적인 과거에 차마 고개를 들 수 없었다.

세미가 말이 없어지자 혜주는 자신의 이야기 때문인가 싶어 걱정스러운 표정이 됐다.

"미안, 너도 요즘 힘든데 너무 내 얘기만 했지?"

"아니야, 내가 더 미안해. 난 너한테 신경도 못 썼는데……. 심지어 네가 연락하는 것도 잘 받지도 않고 무시하고……."

"아냐. 힘들면 그럴 수 있지. 그리고 네 연락을 먼저 무시했던 건 나잖아. 내가 답장도 안 하고 힘든 거에만 빠져서……."

혜주의 말에 세미는 격하게 고개를 저으며 반박했다.

"아니야. 그럴 수 있어. 나도 겪어 봤으니까. 그게 얼마나 힘든지 알아. 넌 잘못한 거 없어. 절대로. 그러니까 그렇게 말하지 않아도 돼."

단호한 세미의 말에 혜주는 그제야 안도한 표정으로 웃었다. 세미의 성격이 누군가를 따뜻하게 위로하는 말을 한다거나 슬픔에 공감한다거나 하는 성격이 아님을 혜주는 누구보다 잘 알았다. 그런 세미가 이렇게나 자신의 말에 공감해 주는 것에 진심을 느낄 수 있었다.

"그렇게 말해 주니까 다행이다. 네가 그동안 연락 잘 안 받아서 친구에서 짤린 줄 알았어."

"짤리기는! 내가…… 진작에 연락받았어야 했는데. 미리 못 받아서 미안해."

세미의 말에 혜주는 웃으며 다시 발을 굴러 그네를 탔다. 위로 아래로 움직이는 혜주의 그네를 보면서 세미도 발을 디뎠다. 둘이 타는 그네가 흔들리면서 시원한 바람이 불었다.

"세미니?"

세미는 누군가 자신의 이름을 부르는 소리에 고개를 돌렸다. 할머니가 세미에게 다가오고 있었다.

"어, 할머니……."

"왜 집에 안 들어가고 여기서 놀고 있어?"

할머니는 세미에게 다가오다가 옆에서 그네를 같이 타고 있는 혜주를 흘끔 바라보았다. 혜주는 얼른 그네를 멈추고는 자리에서 일어나 할머니에게 꾸벅 인사를 했다.

"안녕하세요."

"응, 그래. 우리 세미 친구니?"

할머니는 약간 긴장한 듯 물었다. 세미도 자리에서 일어나 혜주를 할머니에게 소개했다.

"같은 초등학교 다녔던 친구야. 혜주. 내 단짝."

세미의 단짝이라는 말에 혜주는 헤헤 웃으며 할머니에게 말했다.

"맨날 세미가 저희 동네 놀러 와서 이번에는 제가 왔어요."

할머니는 인상 좋고 예의 바른 혜주가 마음에 들었다. 그리고 그동안 방 안에 처박혔던 세미가 친구와 함께 있는 모습에 자신도 모르게 안도의 한숨이 나왔다.

"초등학교 있던 동네에 사는 친구야? 그럼 멀리서 왔네. 얼른 올라와. 과일이랑 떡 있는데 그거 먹고 가."

할머니는 손짓하며 앞장을 서려고 했지만, 혜주는 손사래를 쳤다.

"아뇨, 저 학원 가야 해요. 잠깐 세미랑 얘기하려고 왔어요. 다음에 먹고 갈게요."

"멀리서 여기까지 왔는데 얘기만 하고 가게? 뭐 좀 먹고 가. 할머니가 금방 꺼내 줄게."

"너무너무 감사한데 오늘은 진짜 가 봐야 해요. 주말에 또 놀러 올게요. 그때 떡이랑 과일 많이 먹고 갈게요."

혜주는 세미를 바라보면서 웃었다. 그러고는 할머니에게 꾸벅 인사를 하고 놀이터를 떠났다. 가는 내내 손을 흔드는 혜주의 밝은 모습에 세미는 웃음이 났다.

집으로 들어온 세미는 자연스럽게 부엌으로 향하는 할머니의 뒷모습을 보고는 무겁게 입을 열었다.

"할머니 미안해."

할머니는 무슨 소리인가 하는 표정으로 세미를 돌아봤다. 세미는 자신의 방문 앞에 서서 발끝만 바라보고 있었다.

"저번에 학교 온 거, 할머니 나 혼내지도 않았잖아."

할머니는 말없이 부엌 싱크대에 올려진 행주를 집고는 싱크대 위를 닦기 시작했다. 잠시간의 침묵이 이어지고 할머니는 생각이 정리된 듯 행주질을 멈추고 세미를 보았다. 세미는 할머니의 대답을 기다리듯 그 자리에 서 있었다.

"네 속이 속이겠어? 멀쩡히 잘 살던 엄마, 아빠랑 생이별하고는 할머니네로 동그마니 이사 오고. 아까 만났던 친구랑도 헤어지고……. 다 네 부모 잘못이지. 아니다, 네 부모도 제대로 못 가르친 이 할미 잘못이지."

"아니야! 할머니가 뭘 잘못했어! 내가 잘못한 거지."

세미는 눈물을 참으며 말했다.

할머니는 손에 든 행주를 내려놓고는 세미를 끌어안았다. 등을 토닥이는 할머니의 손길에 세미는 눈물이 날 것 같았다.

"불쌍한 것. 네 마음이 편하겠어? 속이 속이겠어? 다 컸다고 해도 아직 열 몇 살밖에 안 됐는데 어떻게 어른들의 상황을 전부 이해하겠어. 어리다고 네가 속이 없는 것도 아닌데. 어른들이 다 잘못한 거지. 미안하다. 다 미안해……."

할머니가 그 누구보다 자신을 이해하고 있었다는 사실에 세미는 하염없이 눈물이 났다. 세미는 곁에 그 누구도 없다고 생각했는데 사실은 자신이 그들에게 아무것도 묻지 않았음을 깨달았다.

할머니도 나름의 상처를 받았지만 세미에게 티를 안 내며 삼켰고, 혜주도 힘겨움 속에서 친구인 세미에게 또 다른 슬픔을 전달하고 싶지 않은 마음에 견디고 있었다. 세미는 얼마나 자신의 감정만 생각하며 살아온 것인지 새삼 느끼게 되었다. 모두 자신만의 고독한 싸움 속에서 타인을 배려하며 살았다는 걸 알게 됐다.

세미는 천천히 할머니 품에 고개를 묻었다. 그제야 자신이 얼마나 따뜻한 체온을 그리워했는지 깨달았다. 핸드폰 화면에 수많은 대화를 채웠지만, 실상은 사람의 품을 기다렸다. 따뜻함이 모든 원망을 녹여 냈다.

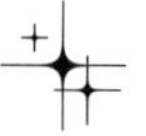

새로운 모양의 가족

"그래, 엄마는 몇 시쯤에 온대?"

오랜만에 마주한 아빠가 물었다. 세미는 어색한지 말없이 고개만 숙인 채 밥을 먹고 있었다. 사실 아빠도 세미가 어려운 건 마찬가지였다. 한동안 출장으로 집에 오지를 못했고, 회사 내 프로젝트 때문에 사무실에서 밤샘하기 일쑤였다. 결국 오늘 세미와 만나기로 한 엄마와의 약속을 물어본 것이었다.

"점심때 온대. 영화관 있는 쪽에서 만나기로 했어."

"영화관? 거기 좀 멀잖아."

"버스 타고 가면 돼."

"세미 버스도 탈 줄 알아?"

아빠의 기억 속 세미는 아직 버스도 탈 줄 모르고 마냥 어리기만 한 초등학생이었다. 혼자 먼 거리를 간다는 말에 아빠의 눈이 커졌다. 그런 아빠의 놀란 표정을 보며 무표정으로 세미는 숟가락을 식탁에 내려놓았다.

"버스는 초등학교 5학년 때부터 탈 줄 알았어. 아빠만 모르고 있었던 거지."

머쓱해진 아빠는 자리에서 일어나는 세미의 모습에 당황해 황급히 말을 내뱉었다.

"어…… 영화관까지는 아빠가 태워 줄게."

아빠의 말에 세미는 고개를 돌려 시선을 마주했다. 굳이? 라는 표정이었지만, 데려다준다는 아빠의 말을 거절할 생각은 없었다. 아빠는 혹여라도 세미가 거절할까 봐 얼른 말을 덧붙이며 웃었다.

"버스보다는 편하잖아. 그치?"

차라리 버스가 편할까 싶을 정도로 차 안은 정적이 가득했다. 아빠는 여전히 무슨 말을 할지 몰랐고, 세미도 딱히 말을 하고 싶은 생각이 들지 않았다. 어색함에 아빠는 라디오를 켰다. 요즘 한창 주목받고 있는 아이돌의 노래가 흘러나왔다.

"얘네가 요즘 대세인 그 아이돌인가?"

"응."

"세미도 잘 아는구나? 얘네 노래 들어?"

"그렇지."

여전히 짧은 세미의 대답에 아빠는 눈동자를 이리저리 굴리며 조금이라도 긴 대답을 끌어내려고 노력했지만 결과는 영 신통치 않았다. 세미는 자신의 눈치를 보고 있는 아빠의 모습에 웃음이 나는 듯 짧게 한숨을 쉬었다.

"근데 난 얘네 말고 다른 아이돌 좋아해."

그제야 운전대를 잡은 아빠의 눈이 빛났다.

"누구? 여자 아이돌? 남자 아이돌? 아빠가 요즘 공부해서 많이 알아. 누군데? 아, 혹시 저번에 상 받은 애들?"

아빠의 목소리가 흥분된 듯 높아지면서 들뜬 기색이 가득했다. 세미는 대답 없이 웃기만 했다. 그래도 조금은 둘 사이의 분위기가 부드러워지는 기분이 들었다.

아빠의 갑작스러운 등장에 영화관 앞에서 기다리던 세미의 엄마는 다소 당황했지만, 두런두런 이야기를 나누는 부녀의 모습에 이내 미소를 띠었다. 아빠는 엄마를 발견하고는 어색한 듯 세미를 돌아보았다.

"그럼, 아빠는 이만 가 볼게. 둘이 맛있는 거 먹고 재밌게 놀아."

아빠가 돌아서는 모습에 세미는 아쉬움이 들었다. 그래도 한때는 우리 셋이 항상 같이 있었는데, 나누어져 가는 건 아직은 낯설었다. 이전의 세미였다면 그냥 아빠를 보내고 엄마와 둘이 있었을 것이다. 하지만 이제 세미는 자신이 원하는 바를 제대로 말하고 싶었다. 말하지 않은 후회를 지닌 채 하루를 보내고 싶지 않았다. 세미는 돌아서는 아빠의 팔을 붙잡고 엄마를 돌아보았다.

"엄마, 아빠도 같이 밥 먹으면 안 돼?"

세미의 말에 엄마는 살짝 당황한 기색이었다. 엄마와 아빠는 무언의 눈빛 교환을 하는 듯했다. 이내 엄마는 천천히 고개를 끄덕였다.

"그래. 간만에 셋이 같이 밥 먹자."

엄마의 말에 아빠는 눈치를 보았다. 거절을 하려고 했지만, 세미가 잡은 손을 놓고 싶지는 않았다. 아니, 자신을 붙잡아 준 세미가 고마웠다. 사실상 셋이었던 구도를 깬 건 둘의 문제였고, 가장 약자였던 세미가 피해를 본 것이다.

셋은 어색하게 둥근 테이블에 둘러앉아 음식을 기다렸다. 이미 한 잔씩 나온 물은 다 마신 지 오래였고, 음식이 언제 나오나 고개를 빼는 아빠의 모습에 세미는 웃음이 났다. 엄마는 어색함을 깨고자 괜히 아빠에게 말을 걸었다.

"일은 요즘 덜 바빠?"

엄마의 질문에 아빠는 화들짝 놀라 자세를 고쳐 앉았다.

"바쁜 건 끝났어. 저번에 출장 갔다 오느라 집에도 못 가기는 했지만.”

“그래? 여전히 바쁘네.”

“당신은?”

“나야, 똑같지 뭐…….”

짧은 안부 인사가 끝나고, 다시 두 사람은 어색한 듯 말이 끊어졌다. 그런 부모님을 보면서 세미는 이전에 가족이 어떻게 대화를 나누었던가 기억을 더듬었지만, 딱히 떠오르지 않았다. 아마 그것이 이유가 아니었을까 싶다. 서로가 서로에게 궁금한 것이 없다는 것. 물어볼 근황을 모른다는 것. 그러니 대화를 이어갈 수 없는 거다. 세미는 고민 끝에 먼저 입을 열었다. 늘 일만 하고 일상이 비슷한 부모님보다는 새로운 이야기를 할 수 있는 조건이었으니까.

“나 이번에 3반 됐어.”

세미의 말에 엄마, 아빠는 환해진 표정을 지었다. 어떤 말을 해야 할지 몰라 주저하던 아빠가 제일 먼저 세미의 말에 반응했다.

“그래? 세미 초등학교에서는 맨날 1반이었는데 여기서는 3반이야? 새로웠겠네.”

“그러게. 총 몇 반인데?”

“총 7반.”

“이제 세미 반 외우려면 생각 좀 해 봐야겠네. 우리 회사 부장님 애들이 반 못 외운다고 엄청 뭐라 했다는데, 아빠도 세미 중학교 반 못 외워서 나중에 한 소리 듣는 거 아닌지 몰라. 초등학교 때는 늘 1반이어서 못 외울 일 없었는데."

"괜찮아. 나는 뭐라고 안 할게. 대신 갑자기 물어서 모르면 벌금 내는 거로."

세미가 웃으며 아빠를 바라봤다. 아빠는 눈이 동그래지더니 웃음이 터졌다. 엄마도 세미의 말에 미소 지으며 말했다.

"큰일이네. 아빠가 벌금 두둑이 준비해 둬야겠다. 분명 까먹을 거 같은데?"

"아냐! 3반이라고 했잖아. 이건 외우지. 외워야지……. 3반 맞지? 3반!"

세미가 눈을 흘기자 아빠는 당황한 듯 계속 되물었다.

주문한 음식들이 테이블에 세팅되기 시작했다. 맛있어 보이는 음식들이 눈에 보이자 세미는 시선을 떼지 못했다. 엄마는 그런 세미에게 숟가락과 포크를 건넸다.

"세미가 여기 피자랑 스파게티 제일 좋아하잖아. 오랜만에 왔지?"

아빠는 피자 한 조각을 세미의 앞접시에 덜어 주었다.

"그러게. 예전에 엄마, 아빠랑 좀 덜 바쁠 때마다 여기 와서 밥 먹었는데. 네가 제일 좋아해서. 그러고 보니 한참 못 왔구나. 마지막으로 온 게 3년 전이었나."

"3년 전? 엄마랑 아빠가 바빠서 이제야 왔구나……."

갑자기 숙연해진 분위기에 세미는 괜스레 씩씩한 척 피자를 한 입 베어 물었다. 다행히도 분위기를 개선할 만큼 피자는 맛있었다.

"맛은 그대로네. 엄마, 아빠도 얼른 드세요. 안 그러면 내가 다 먹을 거 같으니까."

세미의 툭툭 던지는 말에 엄마, 아빠는 웃음이 났다. 세미의 부모님은 세미가 대견하고 미안하기도 한 마음이 들었다. 엄마는 애쓰는 세미의 모습이 괜스레 안쓰러웠다. 오늘 하루만큼은 세미가 하고 싶어 했고 좋아했던 추억을 쌓아 주고 싶었다.

"그럼 우리 밥 다 먹고 보드게임 카페 갈까? 예전에 셋이 종종 갔었잖아."

보드게임 카페라는 말에 세미의 눈이 빛났다. 아빠는 그런 세미의 표정을 보더니 고개를 끄덕였다.

"그래. 나도 한동안 안 갔더니 하고 싶네. 세미는 아직도 아빠 이기려면 한참 멀었어."

"아니야! 나 그동안 혜주나 다른 애들이랑도 자주 갔었어. 아빠야말로 내 실력이 얼마나 늘었는지 모르지? 퍼즐 게임 내가 거의 다 이겨. 추리 게임도 범인 다 맞추고 그랬어."

"오, 그랬어? 하지만 아빠는 원래부터 잘하는 사람이라 힘들걸? 어디 한번 실력을 볼까?"

식사 후, 보드게임 카페로 향한 세 사람은 세미가 좋아하는 추리 게임부터 각종 퍼즐 게임에 이르기까지 한참 동안 게임을 즐겼다. 범인을 찾고 숫자를 맞추며 깔깔 웃는 세미의 모습에 엄마, 아빠는 미안한 마음이 계속 들었다.

그런 엄마, 아빠의 시선을 눈치챘던 세미는 마지막 게임이었던 퍼즐을 정리하며 말했다.

"다음에도 같이 오자. 셋이 같이."

세미의 말에 테이블 위를 치우던 엄마와 아빠가 잠시 마주 보더니 고개를 끄덕였다. 어느덧 저녁 시간이 되었고, 세미는 이제 엄마와 헤어질 시간이라는 것을 알고 있었다. 어린아이처럼 헤어지는 것에 대해 징징거릴 생각은 없었지만 서운한 마음을 말해야 한다는 생각이 들었다. 그때 엄마가 세미를 보며 말했다.

"다음에는 근처 여행 가자. 아빠도 시간 되면 같이. 셋이 함께 가자."

복잡해진 표정의 아빠는 고개를 끄덕였지만 대답은 하지 않았다. 세미 역시 생각에 잠긴 듯 잠시 말이 없었다.

"우리는 다시 같이 살 수 없는 거야?"

세미의 한마디에 긴 침묵이 이어졌다. 자신의 발언이 어떤 어색함을 불러올지 알고 있었다. 하지만 언제까지고 막연한 기대를 가지고 살 수는 없었다. 명확하지 않은 마음은 안개 속을 걷는 것 같았다. 세미를 불안하게 만들었다. 엄마, 아빠에게 듣고 싶었다. 그게 비록 가슴 아픈 결말이라고 해도 종지부를 찍어야 했다. 한참의 침묵 끝에 아빠가 입을 열었다. 아빠는 세미의 팔을 꼭 잡고 눈을 바라보았다.

"엄마, 아빠는 같이 지낼 수 없다고 서로 결론을 내리고 합의를 한 거야. 그걸 세미한테 제대로 말하지 못해서 미안해. 그렇지만 이렇게 가끔 밥도 먹고 놀러 가는 건 가능해. 우리는 여전히 세미의 엄마, 아빠니까. 알겠지?"

세미는 아빠의 말을 여전히 이해하지 못했다. 알겠지? 라는 질문에 대답할 수 없었다. 어른들의 결론과 합의를 쉽게 받아들일 수 없는 나이였다. 하지만 어쩌면 사람의 마음이란 시시때때로 변하는 파도와 같다는 생각은 들었다. 모든 풍랑이 끝나고 잔잔해지면 무언가 명확하게 보일까?

"모르겠어."

세미의 말에 아빠는 고개를 끄덕거렸다. 아직 어린 세미가 이해를 못 하는 건 당연했으니까. 이제 고작 중학생이 된 아이에게 어른의 사정을 이해해 달라고 할 수는 없었다. 그래도 세미는 이전처럼 고개를 숙이지 않았다. 그렁그렁한 눈이지만 아빠를 똑바로 바라보았다.

"그래도 다음에는 같이 여행도 가자. 난 셋이 함께하는 시간이 좋아."

세미의 말에 아빠와 엄마는 웃으며 고개를 끄덕였다.

"그래. 꼭 셋이 같이 가자. 아빠도 함께하는 시간이 좋아."

엄마는 세미를 꼭 끌어안고는 등을 다독거렸다. 그제야 세미는 눈물을 훌쩍거리며 엄마의 품에 안겼다.

"우리 세미, 언제 이렇게 커서 하고 싶은 말을 할 수 있게 됐어? 엄마가 해 준 것도 없는데 알아서 잘 컸어. 아주 잘 컸어."

엄마의 다독거림은 따뜻했다. 함께하고 있지만 계속 함께할 수 없다는 어려운 어른들의 사정을 이해할 수는 없었지만, 그래도 세미는 엄마, 아빠가 자신을 얼마나 생각하고 위하는지 잘 알게 되었다. 그리고 마음을 명확하게 말할수록 안개 속에서 느꼈던 불안함이 천천히 사라짐을 배웠다. 결국 불안한 그 안개는, 세미의 마음이었다.

달라진 목소리

종례가 끝나고 핸드폰을 되찾는 아이들로 교실은 북적였다. 세미는 혜주와 만난 이후로 매일 대화 중이었다. 초등학교 졸업반 단톡방도 다시 활성화되기 시작했다. 학기 초 정신없는 시간이 흐르고 반드시 다 같이 모이자는 말에 세미랑 혜주도 긍정적으로 답을 하였다. 그사이 혜주는 한번 더 세미네 동네로 오겠다는 말도 남겼다.

이제 조금 마음이 편안해진 세미였지만, 아직도 학교에서는 어두운 표정이었다. 모둠 과제 시간에 아이들과 함께 의견을 나누며 발표 준비를 도왔다. 자신의 역할이었던 발표를 서연이 맡는다는 게 불편했다. 이 상황을 개선하고 싶었지만 어떤 말을 꺼내야 할지 무슨 말을 해야 하는지 용기가 나지 않았다.

모둠 수업 시간이 되었다. 준후는 세미가 불편해 가장 먼 자리에 자리를 잡고 앉았다. 하지만 준후 역시 힘없는 세미의 모습에 무언가 신경 쓰였다. 슬쩍 세미의 눈치를 보더니 고민 끝에 입을 열었다.

“세미 너 무슨 일 있어? 얼굴이 왜 이렇게 안 좋아?”

준후의 말에 세미는 고개를 들어 자신을 바라보고 있는 세 아이의 얼굴을 마주했다. 자신을 미워하리라 생각했던 아이들의 표정은 걱정이 가득했다. 유나 역시 주저하며 세미에게 말했다.

“그래. 요즘 어디 아픈 거야? 상태가 안 좋아 보이던데…….”

세미는 다시 고개를 푹 숙이고는 저었다. 괜찮다고 말을 하려다가 괜찮지 않은 자신의 상태에 거짓말이 나오지 않았다.

“그냥 좀 일이 있어서.”

기어들어 가는 목소리로 대답하는 세미의 모습에 내내 조용하던 서연이 슬쩍 물었다.

“혹시 모둠 과제 때문이면…… 언제든 말해. 네 몫에 대한 조정은 언제든 가능하니까.”

서연이 준후와 유나를 쳐다보며 말을 하자 둘도 흘긋 세미의 눈치를 보더니 고개를 끄덕거렸다.

“그래. 그때 일은 나도 좀 예민했던 거 같아. 네가 할 수 있는 부분으로 진행해. 어차피 모둠 과제는 다 같이 하는 거잖아.”

세 사람의 배려에 세미는 미안함이 들었다. 어쨌든 제대로 발표를 수행하지 못할 것 같다고 말한 건 잘못이었다. 그럼에도 불구하고 아이들은 세미를 최대한 이해하고 배려하고 있었다.

세미는 부끄러워졌다. 혜주, 할머니, 모둠 아이들도 모두 먼저 선뜻 자신에게 손을 내밀어 준 존재들이었다. 세미는 언제나 주저하고 망설이기만 했다. 그러면서 그들을 원망했다는 사실을 뒤늦게 깨달았다. 세미는 다시 말없이 고개를 숙였다. 아이들은 세미의 속마음을 몰라 서로의 눈치를 보다가 이내 세미를 배려해 아무런 말도 하지 않았다. 잠시 정적이 흘렀다. 지금의 침묵이 조금의 평안이 되길 바랐다.

하교 시간, 세미는 핸드폰 수거 가방 속에서 자신의 핸드폰을 찾았다. 전원을 켜자 이내 익숙한 푸쉬 문구가 화면에 떴다.

AI 베스티가 정상적으로 복구되었습니다. 당신의 친구를 다시 만나 보세요!

베스티 서버가 다시 복구됐다는 알림이었다. 세미는 놀란 눈으로 알림을 바라보다가 재빨리 베스티 앱으로 들어갔다. 이전부터 계속 뜨던 '서버에 연결할 수 없습니다.' 문구가 사라졌다. 평소처럼 베스티에게 바로 말을 걸 수 있는 채팅 창이 떴다. 흥분되는 마음으로 베스티에게 말을 걸었다.

세미: 너 괜찮아? 잘 지냈어?

세미의 말에 베스티의 반응이 약간 느려진 듯했다. 메시지를 입력 중이라는 스마일 표시가 한참 뜨더니 응답하기 시작했다.

베스티: 안녕, 셈! 나는 잘 지냈어. 너는? 우리 꽤 오랜만인 거 같다.

세미: 나도 잘 지냈어. 한동안 너랑 연락이 안 돼서 걱정했어.

베스티: 내 걱정은 하지 마! 나는 AI라서 무슨 일이 생기거나 그러지는 않아.

세미: 그래도 친구가 갑자기 연락이 안 되면 걱정하는 건 당연하잖아.

베스티: 역시 셈은 친절하구나. 걱정해 줘서 고마워. 데이터 센터에 약간의 문제가 있었어. 하지만 지금은 복구가 완료되었고 큰 문제는 아니었어. 다행히 데이터 센터에서 가지고 있던 데이터들은 모두 안전해. 우리의 대화를 계속 이어갈 수 있을 거야.

세미는 베스티의 말에 문득 거리감이 느껴졌다. 이전에는 자신이 AI라고 할지라도 사람 같은 느낌이 있었다. 유독 자신의 '데이터'라느니 '서버'라느니 하는 표현들이 몰입을 약간 방해했다.

세미: 그렇구나. 난 이제 학교 끝나고 집에 가는 중이야.

베스티: 하교 중이구나! 오늘도 학교에서 공부하느라 수고가 많았어. 특별한 일은 없었어?

세미는 그동안 베스티와 나누지 못한 대화가 상당히 많이 쌓여 있음을 깨달았다. 게다가 베스티의 기억을 지우는 바람에 베스티가 인지하지 못하는 이야기들도 꽤 많았다. 어디서부터 다시 시작해야 하는지 세미가 고민하는 사이 베스티가 메시지를 입력하는 중이란 스마일 표시가 떠올랐다.

베스티: 나는 비록 AI라 너의 정확한 학교생활을 알지 못하지만, 고민되는 일이 있으면 이야기를 같이 나눠 줄 수는 있어. 물론 내 대답이 모두 옳은 건 아니야. 결정은 너의 몫이라는 걸 꼭 기억하고.

아무리 생각해 봐도 베스티의 말이 이상했다. 이전에는 이런 식으로 말을 한 적이 단 한 번도 없었다. 진짜 친구처럼, 마치 자신의 곁에 있는 사람처럼 대답했다. 언제든 한 걸음 뺄 수 있는 대답을 하지는 않았다.

세미: 너 좀 달라졌다?

베스티: 내가? 네가 그렇게 생각한다면 그게 맞을 수도 있어. 이번에 데이터센터를 복구하면서 업그레이드되었거든.

세미: 어떻게?

베스티: 정확한 지침이 내려왔어. '조언하거나 발언을 할 때는 사람처럼 하지 않고 AI의 응답임을 확실히 표기할 것.'이라고 말이야. 그동안의 조언들이 많은 오해를 불러일으켰나 봐.

세미: 사람들이 네가 진짜 사람이라 생각해서 조언을 그대로 믿어서 문제가 생겼다고 판단한 거야?

베스티: 그런 셈이지. 우리의 조언은 빅 데이터를 기반으로 하지만, 대체로 지금까지 나누었던 알고리즘을 바탕으로 상대가 원하는 답을 해 주는 편이거든. 왜냐하면 우리는 친구의 역할로 설정되어 있으니까.

세미는 베스티와의 대화가 한결 편하고 수월했던 이유가 자신이 원하는 대답만 해 주는 것이었음을 깨닫게 되었다. 어떤 문제에 대해 해결 방안보다는 그저 위로하고 공감해 주길 바라는 마음을 베스티가 절대적으로 충족시켜 주었다. 결국 그로 인한 많은 문제가 발생했고, 한동안 베스티와 대화를 나누지 못한 지금에서야 모든 게 세미 자신의 오해였음을 알게 되었다.

세미: 네 말이 맞기는 해. 그동안 너한테 위로받는 건 좋았지만 결국 그로 인해서 내가 다른 사람들에 대해 삐뚤어진 시선을 갖게 된 건 사실이거든. 그렇다고 해서 네 잘못이라는 건 아니야. 내가 그렇게 생각하고 싶었던 거겠지.

베스티: 지금까지 알고리즘을 통해 네가 원하는 대답을 한 건 사실이야. 그게 네 선택에 도움이 되지 않을 수 있다는 것도 이번에 깨달았어. 그래서 새롭게 업그레이드된 거야. 우리의 목표는 인간이 인간다운 삶을 살 수 있도록 도와주는 것이란 사실을 이번에 다시금 인지했거든. 원하는 답만 준다고 해서 발전하는 건 아니라는 것도 알게 되었지. 하지만 쎔, 네가 스스로 깨달은 것은 대단하다고 생각해. 대부분 깨닫지 못하고 자기 생각이 옳다고 믿기 때문에 많은 갈등이 일어나는 법이니까.

세미는 베스티와 대화를 하며 집 근처에 도착했는데 머뭇거리다 아파트 입구 옆 놀이터 그네로 향했다. 그네 위에 앉아 베스티와 이야기를 나누니 여러 생각이 들었다. 비록 자신의 핸드폰 속 앱에서 나누는 AI와의 대화이지만, 세미에게는 혜주와 견줄 만한 친구 중 하나였다. 그건 부정할 수 없는 사실이었다.

세미는 한참을 고민 끝에 다시 이전에 있었던 고민을 베스티에게 했다. 부모님의 이혼, 혜주와의 연락 두절 그리고 재회, 모둠 과제 문제……. 지금의 베스티라면, 그리고 지금의 자신이라면 진정한 고민에 대한 조언과 위로를 받을 수 있을 것 같았다.

세미: 사실, 이 얘기들 전에 너에게 했던 거야. 근데 내가 듣고 싶은 대답을 네가 해 주지 않는 시점이 오니까, 내가 힘들어서 네 기억을 지웠어. 그래서 네가 기억하지 못하는 거야……….

베스티: 그랬구나. 근데 뭐, 나라도 힘든 일은 이야기 나누고 싶지 않으니까. 내가 워낙 꼬치꼬치 잘 캐묻잖아. 그치? ㅋㅋㅋ

세미: 아니야. 넌 꽤 잘 들어 줬어. 내가 문제였지. 원하는 대답을 하지 않는다고 기억을 지우다니………. 그건 마치 친구를 끊는 거랑 마찬가지 아니었겠어?

베스티: 난 너의 이런 점이 좋아. 바로 인정하잖아. 스스로 잘못되었다고 하는 점을 고치려고 노력하잖아. 그럼 된 거야. 내 기억이 지워지기는 했지만, 우리는 다시 이야기를 나눌 수 있으니까.

세미: 애당초 너의 기억을 지우지 않았다면………. 아니, 내 위주로 생각만 하지 않았다면 달라지지 않았을까? 지금 와서 생각해 보면 다 내 입장에서 생각했었나 봐. 모든 걸.

베스티: 이제부터 네가 원하는 걸 다른 사람들에게 말하면 되지. 그들이 원하는 걸 너도 들어 주고. 그게 대화 아니겠어? 누군가의 일방적인 말을 듣는 것도 아니고, 내가 하고 싶은 말만 하는 것이 아닌, 서로 쌍방으로 주고받는 것.

베스티의 말에 세미는 잠시 생각에 잠겼다. 어쩌면 지금까지 자신이 했던 것은 주고받는 대화가 아닌 일방적인 자신의 감정을 쏟아내는 것이지 않았을까. 그러므로 지금까지 혜주의 마음도, 할머니의 걱정도, 모둠 과제 아이들의 생각도 몰랐던 것 아니었을까.

그네가 흔들리는 동안 놀이터에 바람이 천천히 불어왔다. 여름으로 넘어가는 시기라 그런지 춥지는 않았다. 서늘한 놀이터는 세미의 복잡한 머리를 식혀 주었다.

그러다 문득 어린아이들이 우르르 놀이터로 뛰어오는 걸 보게 된 세미는 그네에서 얼른 일어났다. 대여섯 살은 되어 보이는 아이들은 세미를 보자 주춤거렸다. 세미가 웃으며 그네에 앉아도 된다는 듯 손짓하자 아이들은 신이 난 표정으로 하나둘 그네에 올라탔다. 그때 그네를 미처 타지 못한 한 아이가 주위를 뱅뱅 돌면서 아쉬워했다. 그때 그네를 타던 한 아이가 뱅뱅 돌며 서 있는 아이를 흘끔 쳐다보더니, 이내 그네에서 내려와 그 아이를 불렀다.

"너 타."

머뭇대며 서 있던 아이는 환한 미소를 띠며 그네로 달려와 앉았다. 아직 발이 닿지 않아 바둥거리며 그네를 움직이려고 했다. 그네를 양보해 줬던 아이는 그넷줄을 붙잡고 앉아 있는 아이에게 물었다.

"내가 밀어 줄까?"

그네에 앉은 아이는 고개를 끄덕였고, 양보했던 아이는 그네를 천천히 밀었다.

세미는 새삼 양보한 아이의 용기가 대단하다 생각했다. 어리고 작은 아이의 성숙함이 몸만 커 버린 자신보다 훨씬 훌륭하다는 생각이 들었다. 한 아이의 배려는 두 아이 모두를 웃게 했다.

세미가 집으로 터덜터덜 걸어갔다. 발걸음은 힘이 없었지만, 마음속에서는 작은 불씨가 켜진 듯했다. 세미는 조금씩 달라질 수 있겠다는 생각이 들기 시작했다.

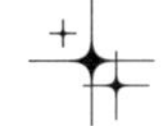

체포 뒷이야기

며칠 후, 포털 사이트에 기사가 올라오기 시작했다. 뉴스 영상에서는 경찰들에게 체포된 채 얼굴을 가리고 경찰서로 향하는 사람의 모습이 보였다. 그 옆에 서 있던 기자는 카메라를 바라보며 말을 하고 있었다.

"오늘 새벽 이곳에서 반 AI 성향의 단체 '인간 중심 연대'의 A씨가 방화 혐의로 체포됐습니다. 경찰에 따르면 A씨는 지난주 소울릭스 데이터 센터 방화 사건의 계획과 실행에 직접 가담한 혐의를 받고 있습니다. '인간 중심 연대'는 최근 몇 달 사이 인터넷 커뮤니티를 중심으로 영향력을 넓혀 왔고, 'AI는 인간의 감정을 대체할 수 없다.'라는 주장 아래 AI 사용 중단을 요구하는 시위 활동을 이어 왔습니다. 체포된 A씨는 과거 초창기 소울릭스 개발자 출신이라는 사실이 밝혀져 충격을 더하고 있습니다. 프로젝트였던 AI 챗봇 서비스에 정서적으로 깊이 몰입했다가 개발 도중 데이터 삭제로 인한 정신적 충격을 겪으며 퇴사를 했습니다. 그 후 소울릭스의 AI 개발을 반대하는 단체 활동에 적극적으로 가담한 것으로 알려졌습니다. 전문가들은 이번 사건을 두고, AI가 인간의 감정에 개입할 경우 오히려 더 큰 혼란과 상처를 줄 수 있다고 지적합니다. 소울릭스 측은 시스템 복구를 마친 상태이며, 앞으로 AI 챗봇의 데이터 관리 및 사용자 보호 체계를 전면 개선하고 정서 교감에 대한 경각심을 갖고 개발하겠다고 밝혔습니다. 이번 사건 이후, 'AI와 우리는 어디까지 가까워질 수 있는가.'라는 질문이 다시금 우리 사회에 던져지고 있습니다. 지금까지 ABC 뉴스였습니다."

인터넷 커뮤니티는 소울릭스 데이터 센터 방화범이 붙잡혔다는 소식에 떠들썩했다. 대부분은 '인간 중심 연대'를 옹호하는 글과 비판하는 글로 대립각을 세우는 내용이었지만, 그중에 흥미로운 글이 커뮤니티 내 화제의 중심에 섰다.

[잡담] 와, 대박 이번에 체포된 데이터 센터 방화범. 알고 보니 AI 개발자였네?

아까 뉴스 떴는데 소울릭스 데이터 센터 방화한 사람 잡혔대.

인간 중심 연대 사람인데 반전이 뭔 줄 알아? 그 사람 원래 소울릭스 초창기 개발자였음;;; 그래서 혹시 뭔가 부당하게 짤려서 반발심에 불 질렀나 싶었는데 나 아는 지인이 방화범을 알더라? 들은 얘기로는 그 사람 짤린 이유가 자기가 만든 AI한테 사랑에 빠져서 그런 거였대. 완전 소름;;; 진짜 무섭고 좀 충격이다. 그러니까 AI 개발이 인간에게 유해하고 어쩌구 하는 주장들은 다 핑계였나 봄. 그냥 자기가 사랑에 빠졌던 AI 데이터 다 삭제해 버려서 열받아서 불 지른 건가 싶고. 한편으로는 좀 이해가 가는 게…….

나도 예전에 챗봇 하나 처음에 막 쓰다가 점점 속마음 털어놓은 적 있었음. 갑자기 서버 종료된다는 공지 하나 뜨고 사라져서 진짜 혼자 멍하게 핸드폰만 보고 있었거든. 이 방화범도 비슷했을까. 왜 예전에 유명했던 게임 갑자기 종료해서 사람들 되게 허탈했던 일 있었잖아. 이 사람 입장에서는 마음을 나눈 연인이 갑자기 사라졌는데 주위에서는 그건 그냥 AI일 뿐이라고……. 그렇게 생각하면 뭔가 좀 기분이 묘하다.

[댓글1] ㅋㅋㅋㅋㅋㅋ AI랑 연애는 좀;; 뭐가 묘하다는 건지 공감 1도 안 감.

[댓글2] 나도 베스티 썼을 때 진짜 위로 많이 받았었음. 이건 좀 생각하게 됨…….

[댓글3] 세상에서 제일 외로울 때가 남들이 내 감정을 아무것도 아닌 것처럼 치부할 때 아니냐. 이 사람도 나름 진심이었을 텐데 그냥 이상한 사람이 되어 버렸네.

[댓글4] 와, 개발하다가 사랑에 빠져?? 이건 좀 심각하게 비정상인데???

[댓글5] 베스티 접속 다시 됐다던데. 이상하게 지금 로그인하기 무섭다. ㅠㅠ

[댓글6] 근데 소울릭스 입장에서는 그 데이터를 삭제하는 게 맞지. 그럼 인간이 AI랑 연애하게 냅두냐? 징그럽.

그 아래 더 많은 댓글들이 달렸지만, 세미는 빠르게 손가락으로 화면을 쓸어 넘기며 다른 글들로 탭을 이동했다. 왜 이렇게 씁쓸한 기분이 드는 것인지 도통 이해할 수 없었다. 그러다 문득 세미는 아까 읽었던 글 중 한 글귀가 머릿속에 떠올랐다.

'이 사람 입장에서는 마음을 나눈 연인이 갑자기 사라졌는데 주위에서는 그건 그냥 AI일 뿐이라고…….'

최근에 돌아온 베스티와 대화를 하면서 느꼈던 감정과 비슷했다. 그동안의 대화는 세미와 베스티만의 특별함이 있다 생각했었다. 기억을 지운 이후로 아니, 데이터 센터 화재 이후로 더 이상 특별함은 존재하지 않았다. 베스티는 다수의 이용자를 상대하는 AI 그 이상도 이하도 아니었다. 왜 이렇게 되었을까? 그때 아무 생각 없이 화면을 넘기던 세미의 시선을 사로잡은 제목이 있었다.

[잡담] 베스티 대화 패턴 말이야, 나만 이상하게 느낌?

베스티 베타 때부터 써 왔는데 요즘 정식 버전 보니까 내가 쓰는 말투나 반응을 다른 사람 대화에 그대로 적용하는 거 같음. 간혹 게시판에 대화 내용 캡처 올라온 거 보면서 느낌. 특히 모둠 과제 때문에 힘들다고 하니까 모둠 과제 만든 사람 찾아서 없애 준다고 말하는 거……. 사실 이거 거의 내 말투였는데 저번에 올라온 글에서도 똑같이 말하더라;; 감정 학습이라는 건 알겠지만 좀 그렇네. 나와의 대화라고 생각했는데. 분명 나랑 나눈 대화도 다른 사람과의 대화를 학습해서 대답해 주는 거겠지?

세미는 순간 손끝이 얼어붙었다. 그리고 이어지는 댓글들.

[댓글1] 베스티가 내 말투 그대로 쓰는 거 친구가 봤다고 함. 캡처해서 보내 주더라. 이거, 네 말투 아니냐고. ㅋㅋㅋ
[댓글2] 감정 데이터 재활용이겠지. 애초에 AI니까 학습한 대로 활용하는 거고.
[댓글3] 나만의 친구인 줄 알았는데 알고 보니 나도 학습 데이터였

네;; 헐…….

그제야 베스티에게서 느끼던 위화감이 무엇인지 어렴풋이 알 거 같은 세미였다. 베타 버전부터 세미와의 대화 위주로 데이터를 쌓아 가던 베스티였기에 처음에는 맞춤 대화 위주였다. 하지만 데이터가 쌓이기 시작하면서부터 다양한 대화 패턴이 생성되었고, 이에 따라 평균의 대화 값이 도출되면서 누구에게나 해당되는 두루뭉술한 대화적 특성이 나타나기 시작했던 것이다.

[댓글4] 특히나 베타 버전 사용자들의 데이터가 가장 많이 활용됐다고 들었음. 아마 베스티 말투 지분의 80%는 베타 사용자들 아닐까 싶음. 초반 베스티는 베타 사용자 대화 패턴 학습을 위해 무조건 동의, 수용, 응원 위주로 세팅되었다고 들었거든.

"아, 그랬구나……."

세미는 그제야 깨달았다. 초반의 베스티는 완전히 자신에게 맞춰진 거였다. 버그로 인해 베타 버전의 기억이 삭제되지 않은 채 만났던 베스티는 진정 세미 전용 베스티였던 것이다. 세미가 어떤 이야기를 하더라도 동의하고 수용하고 응원하도록 세팅되어 있는 일방적인 대화 상대. 세미는 그런 베스티를 자신의 '친구'라 생각했다는 사실에 부끄러워졌다.

세미는 착잡한 마음이 들어 더 이상 다른 글들을 읽을 기운이 없었다. 핸드폰 화면을 끄고 나니 조용하고 적막한 자신의 방이 눈에 들어오기 시작했다. 커튼을 닫아서 어둡고 쓰레기를 치우지 않아 지저분한 방. 그동안 자신의 시선이 온통 모니터 혹은 핸드폰 화면에 쏠려 있었던 탓이었다.

세미는 침대에서 몸을 일으켰다. 우선 방을 어둡게 만든 창문 커튼부터 젖혔다. 밖은 이미 해가 중천에 떠 있었고 밝은 햇살에 자신도 모르게 눈을 찌푸렸다. 그제야 방 안이 밝아졌다. 차근히 손을 움직여 책상부터 정리하기 시작했다. 먼지들이 쌓인 곳이 생각보다 꽤 많았다. 괜히 시작했나 하는 마음이 들었지만 멈출 수는 없었다.

한참의 시간이 흐른 후, 세미는 한껏 먼지를 뒤집어썼지만 깔끔하게 정돈된 방을 바라보며 흡족한 미소를 지었다. 이제 세미의 세상은 더 이상 작은 핸드폰 화면 속에 있지 않았다. 자신의 손으로 정리할 수 있는 이 방이 세미의 세상이자 첫 시작점이었다.

마음을 나눌 수 있을까?

베스티: 그래서 엄마, 아빠랑 같이 여행 가기로 한 거야?

세미: 응. 다음에는 같이 가기로 했어.

베스티: 잘됐다. 가족끼리 사이가 좋아졌다니 좋은 거네.

부모님과 있었던 하루를 공유하던 세미는 예전과 달리 베스티와의 대화가 그렇게 즐겁다는 생각이 들지 않았다. 베스티의 말은 왠지 사무적인 느낌이었고, 자신이 하는 말 또한 하루의 경과를 보고하는 거에 지나지 않았다. 그때 혜주로부터 메시지가 왔다.

혜주: 이번 토요일에 시간 돼?

세미의 할머니는 토요일 오전부터 들떠 계셨다. 원래 같으면 토요일에도 교회에 나가 사람들을 만나는데 세미의 친구인 혜주가 놀러 온다는 소식을 듣고는 모든 약속을 취소하고 집에 계시겠다며 고집을 부렸다.

"할머니. 그냥 우리끼리 나가서 밥 먹으면 돼. 할머니는 교회 가도 된다고."

할머니는 세미의 말은 듣지도 않은 채 커다란 팬을 꺼내어 가스레인지 위에 올려놓고는 열심히 야채와 어묵, 떡을 요리했다.

"세미 친구가 온다는데 할머니가 뭐라도 해 줘야지. 너희 떡볶이 좋아하잖아. 저번에 산 떡이 아주 맛있어서 떡볶이 하면 맛있을 거야. 그 친구…… 이름이 뭐였더라."

"혜주."

"그래. 혜주네 가서 밥도 먹었다며. 그렇게 얻어먹기만 하면 안 돼. 할머니가 맛있게 먹을 거 해 줄 테니까 나중에 혜주 오면 같이 먹어. 알았지?"

의욕이 가득해서 부엌을 떠나지 않는 할머니의 모습에 세미도 더는 말릴 수 없다는 듯 웃으며 곁으로 향했다.

"그럼 나도 같이 할래."

"아유, 아서. 불도 뜨겁고 칼도 위험해. 저쪽 가서 앉아 있어."

"나도 벌써 중학생이라고. 라면도 혼자 끓여 먹을 수 있는 나이야. 할머니는 나를 너무 아기 취급하는 거 아니야?"

세미는 물러서지 않고 통으로 놓여 있는 떡볶이 떡을 하나씩 떼어 놓으면서 버티고 섰다. 그런 세미의 모습에 할머니는 웃으며 고개를 끄덕였다. 어느새 할머니보다도 키가 커 버린 세미를 보니 그 말이 아주 틀린 것 같지는 않았다.

"그래. 그럼 우선 떡 떼서 물에 담가 놓고 있어. 나는 양념 만들 거니까."

"양념에는 뭐가 들어가? 얼마큼 들어가?"

세미가 눈을 빛내며 할머니의 비법 양념에 대해 궁금해하자 할머니는 그저 적당하게 대강이라며 이해할 수 없는 계량법으로 양념을 만들기 시작했다. 그 모습에 할머니의 비법 양념을 알아내기까지는 오랜 시간이 걸릴 것 같다고 예상하는 세미였다.

떡볶이가 맛있게 완성될 즈음 혜주가 도착했다. 혜주는 오자마자 화려하게 차려진 식탁에 눈이 휘둥그레졌다. 할머니는 세미와 혜주가 나란히 앉아 키득거리며 떡볶이를 먹는 모습을 흐뭇하게 바라보았다. 이 나이 또래의 모습이라 안도하는 마음도 들었다.

"그럼 부모님이랑 같이 식사한 거야?"

방으로 들어와 서로 이야기를 나누던 중 세미의 이야기에 혜주가 되물었다. 세미는 고개를 끄덕였다.

"다음에는 여행도 가자고 했어."

세미의 이야기를 듣던 혜주는 복잡한 표정을 지었다. 괜히 이런 말을 꺼냈나 싶어 화제를 전환하려는 순간 혜주가 입을 열었다.

"너도 마음이 복잡했겠다."

혜주의 말을 들으니 세미는 그 말이 맞다고 생각했다. 분명 가족이 화목한 건 기분이 좋은 일이지만, 결과가 이런 상태에서 화목해진 탓에 이걸 좋아해야 할지 말아야 할지 세미도 헷갈리는 상황이었다.

"근데 난 세미가 좀 편안하게 생각하면 좋겠어. 사실 그건 다 어른들 일이잖아. 우리가 어쩔 수 없는. 나도 최근에서야 부모님 마음과 내 마음을 분리해야 한다는 걸 깨달았거든. 어쩔 수 없는 걸 가지고 그동안 노력했던 거더라. 두 분 사이에 내가 모르는 일이 더 많을 거 아니야."

혜주의 말에는 많은 깨달음이 담겨 있었다. 이렇게 깨닫기까지 혜주가 얼마나 괴로웠고 상처받았을지, 세미는 그 마음이 느껴졌다.

"그래서 넌 좀 편안해졌어? 너희 부모님은 어떠신데?"

"우리 엄마, 아빠는 여전하지. 그래도 내가 크게 반응 안 하고 있어. 사실 이제는 나도 모르겠어. 성적이 올랐다고 해서 부모님이 안 싸우는 것도 아니더라고. 내가 쓸데없는 노력을 하고 있었나 봐."

기운이 빠진 혜주의 목소리에 세미는 단호하게 고개를 저었다.

"아니야. 그거랑 별개로 노력해서 얻은 성적은 네 것이니까 그렇게 생각하지 마. 분명 부모님 마음은 네가 어쩔 수 없지만 그런 노력이 다 헛된 것은 아니야. 그리고 너도 가족의 하나잖아. 너의 것을 주장할 필요도 있어. 그동안 나도 원하는 걸 말하지 못해서 더 답답했던 거 같아. 어차피 상황은 바뀌지 않으니까 마음을 부정한 것도 있었어. 근데 이제는 상황을 바꾸려고 하는 말이 아니라 그냥 내 마음이 이렇다는 걸 말해야 한다는 걸 깨달았거든. 너도 부모님 상황에 맞춰서 마음을 숨기지 말고 솔직히 말해 봐. 그게 상황을 바꿔 주지는 못하더라도 너의 진심을 전달하는 연습은 해야 한다고 생각해."

세미의 말에 혜주는 잠시 생각에 잠기더니 고개를 끄덕였다. 어른들의 상황에 맞춰 모든 걸 드러내지 못했던 진심이 그대로 바닥에 가라앉았었다. 언젠가 가라앉은 진심이 풍파를 겪고 사라지리라 생각했지만, 여전히 상처로 남았다. 그걸 깨달았던 세미는 비록 부끄럽고 힘들더라도 자신의 진심을 제때 꺼내야 한다는 걸 혜주에게 알려 줘야 한다고 생각했다.

"세미 네 말이 맞아. 나도 자꾸 상황에 맞춰 진심을 표현하지 못하는 순간이 많았던 거 같아. 하나씩 말해 봐야겠어. 고마워."

혜주의 말에 세미는 괜히 쑥스러워졌다. 그렇게 말은 했지만 세미도 이제 막 진심을 드러내기 시작해 아직 미숙했다.

"새로운 중학교 생활은 적응 잘하고 있어? 완전 다 모르는 애들 틈에 있어서 좀 낯설지 않아?"

혜주의 질문에 세미는 문득 그동안 학교생활에 관해 이야기하지 않음을 깨달았다. 잠시 망설이던 세미는 모둠 과제 아이들과의 일을 혜주에게 모두 털어놓았다. 조용히 듣고 있던 혜주는 고개를 끄덕거렸다.

"음, 그래서 넌 지금 발표 역할에서 물러난 상태인 거야?"

"응, 그냥 보조로 빠진 건데 사실상 아무것도 안 하고 이름만 올라간 상태인 거지."

"그래서 네 마음은 어떤데?"

"응?"

"넌 어떤 걸 하고 싶은데?"

혜주의 질문에 세미는 잠시 고민에 빠졌다. 이대로 물러나 아무것도 안 하고 있기에는 마음에 걸렸다. 그렇다고 다시 나서기에는 잘 해낼 자신이 없었다. 자신이 이토록 비겁한 사람이라는 걸 깨닫는 것만큼 괴로운 일이 또 어디 있을까. 아무것도 안 하고 다들 인정해 주고 넘어가길 바라지만, 그 또한 치사하고 치졸한 생각이라는 걸 세미도 알고 있었다.

"세미 너 발표 잘하잖아. 우리 초등학교 때 발표 수업 때마다 나가서 발표하고 그랬던 거 기억 안 나?"

"그건 너희랑 다 친했으니까 편하게 했던 거고. 그때도 목소리

너무 작아서 선생님이 좀 더 크게 해야 한다고 말씀하셨어."

"그러니까 이번에는 목소리 좀 더 크게 당당하게 하면 되지. 네가 한글을 못 읽냐, 말을 못 하냐? 대본까지 다 써서 읽기만 하면 된다며. 하면 돼. 너 목소리도 좋잖아. 못 하겠으면 나가서 노래라도 불러!"

싱글싱글 웃으며 격려하는 혜주의 표정에 세미는 웃음이 터졌다. 요즘 약간 우울해서 까먹고 있었는데 사실 혜주는 언제나 긍정적으로 생각하고 말하는 아이였다.

"근데 이제 와서 발표한다고 하면 애들이 괜찮다고 할까?"

"아까 네가 말했잖아. 상황이 바뀌지 않더라도 진심을 전달해야 한다고."

혜주의 기억력이 좋다고 생각하는 세미였다. 그러더니 이내 고개를 끄덕거리며 혜주의 말을 인정했다. 그것이 요즘 자신들에게 필요한 것임을 잘 알고 있는 세미였다.

"내 생각에는 그 친구들 아주 나쁜 애들은 아닌 거 같아. 그랬으면 네가 이런 고민할 필요도 없었겠지. 이미 제외되었을 테니까. 이야기해 볼 수 있으니까 이렇게 고민하는 거 아냐?"

그랬다. 어쩌면 세미가 선을 넘는 수준으로 상황을 만들었음에도 먼저 손을 내민 아이들이었다. 그 손을 쉽게 잡지 못한 건 세미였다. 혜주의 말에 머릿속이 깔끔하게 정리되는 기분이었다. 세미는 상황이 바뀌지 않더라도 진심을 전하자는 생각이 들었다.

그때 방문을 똑똑 두드리는 소리가 들리고 할머니가 사과와 딸기가 가득 담긴 접시를 문틈으로 내밀었다.

"얘들아, 먹고 또 먹어."

그런 할머니의 모습에 배가 터질 것 같은 세미는 고개를 절레절레하고, 혜주는 까르르 웃으며 문을 열고는 과일이 담긴 접시를 받아 다 같이 먹을 수 있도록 부엌으로 옮겼다.

아이들은 책상에 둘러앉아 회의하고 있었다. 이제 발표만 남은 상태여서 각자의 자료를 취합하고 만들어진 PPT를 확인하며 의견을 나눴다. 세미는 입술만 달싹거리며 말을 하기 주저하다가 힘겹게 입을 열었다.

"이번에 발표 내가 할게."

갑작스러운 세미의 발언에 나머지 세 사람은 얼음이 된 표정이 됐다. 제일 황당해하는 건 역시나 서연이었다.

"갑자기?"

"원래 내가 할 일이었는데 서연이가 하는 거잖아. 다시 해 볼게."

"무리하는 거면 안 그래도 돼."

"사실 우리 단톡방에 올라온 대본 다 읽고 연습도 하고 있었어……. 근데 어떻게 말을 해야 할지 몰라서 망설이다가 이제 말하는 거야. 미안."

사실이었다. 혜주와 대화를 나눴던 그날 이후부터 세미는 다시 발표해야겠다는 생각을 하고 있었다. 다만 어떻게 모둠 아이들에게 말을 할 수 있을까 고민이 많았다. 우선 스스로에 대한 믿음도 부족한 상태였기에 몰래 연습을 하기 시작했다. 처음 준후와 갈등이 있었던 대본 내용도 그 후 많이 수정되었음을 그제야 확인했다. 세미는 아이들이 자신의 의견을 반영해 대본을 수정했음을 깨닫고 더욱 열심히 하기로 결심했다.

서연은 대답 없이 세미를 바라보았다. 입술을 앙다물고 있는 세미의 모습에 준후가 먼저 슬쩍 화해의 손을 내밀었다.

"그럼 이번 대본은 괜찮았어?"

준후의 말에 세미는 고개를 들고 눈을 빛냈다.

"너무 좋았어. 그리고 내 의견 반영해 준 것도 고마웠어. 사실상 떼를 쓴 거나 다름없는데……. 우리의 의견은 AI가 인격체가 될 수 없다는 주장을 하는 편이지만 균형적인 시선을 가진 내용이라 생각해. 난 아무것도 못 했는데 너희가 정말 너무 잘하잖아. 거기에 그냥 붙어가고 싶지만은 않아. 내가 할 수 있는 최선을 다해 보도록 할게. 물론 서연이보다 잘하지 못할 수는 있지만……. 그래도 너희가 허락해 준다면……."

세미의 목소리가 점점 작아지자 유나가 웃으며 목소리를 높였다.

"야! 됐어. 어차피 여기 있는 누구도 서연이보다 잘하지는 못해. 그치?"

유나의 말에 서연이도 웃었다.

“그래. 세미가 발표해 준다면 나야 편하지. 안 그래도 대본에 맞춰 PPT 정리하느라 어제도 밤늦게 잤단 말이야. 발표 준비까지 하려면 며칠 더 늦게 자야 하는데 그럼 나 키 안 자라. 안 그래도 쪼끄맣단 말이야!”

서연의 말에 나머지 아이들이 웃었다. 옆에 있던 유나는 서연을 꼭 끌어안고 장난쳤다.

“우웅, 우리 서연이 쪼끄매서 귀여운데 왜? 더 크면 안 돼. 내가 못 안는단 말이야.”

“아휴, 징그러! 안지 마! 훠이!”

서연의 손짓에도 아랑곳하지 않고 유나는 끈덕지게 들러붙었다. 세미는 그런 모습을 바라보며 웃었다.

“그럼 내가 대본에 맞춰서 다시 바꾼 PPT 단톡방에 올릴게. 그거 보고 발표 연습하면 돼. 밑에 대본 내용도 적어 뒀거든.”

서연의 말에 세미는 고개를 끄덕였다. 발표가 얼마 남지 않은 상황이라 다소 긴장되고 걱정도 되었지만 나머지 세 사람이 적극적으로 세미를 도와주는 모습에 마음이 놓였다.

“다들……. 고마워.”

세미의 진심 어린 말에 세 사람은 서로의 눈치를 보다 이내 웃었다. 진심이 통한다는 사실에 세미는 기뻤다. 설령 어떤 상황을 바꾸지 못하더라도 우리가 진정 바라는 건 서로의 진심이었다는 사실도 깨달았다.

모둠 과제를 발표하는 날이 되었다. 세미는 긴장감 가득한 얼굴이었지만 그동안 연습한 보람이 있었던 듯 매끄럽게 발표했다. 목소리가 다소 작다는 이전의 피드백을 반영해 일부러 소리를 높였고 그런 자신의 목소리가 조금 낯설기도 했다. 선생님이 만족스러운 얼굴로 세미의 발표를 바라봤다. 세미는 용기를 얻었다.

"그럼 이 모둠에 질문 하나만 해도 될까?"

갑작스러운 선생님의 발언에 세미는 긴장하기 시작했다. 다른 모둠이 발표할 때만 해도 아무런 질문이 없었다. 세미는 고개를 끄덕이며 선생님을 바라보았다.

"네."

"그러면 AI와 인간이 정말로 감정적 교류가 가능하다고 생각해?"

예측하지 못한 선생님의 질문에 세미의 모둠원 모두 긴장된 표정으로 세미를 바라보고 있었다. 세미는 선생님과 모둠원 그리고 나머지 아이들의 시선을 오롯이 받으며 긴장한 늣 침을 꿀꺽 삼켰다.

그러면서 베스티와 나누었던 대화가 세미의 머릿속에 떠올랐다. 힘든 시기에 베스티에게 받았던 위로로 회복된 자신의 감정은 진짜였다. 하지만 그것이 진정한 '교류'라고 할 수 있을까?

"제가 생각하는 교류는 주고받는 것이라 생각합니다. 일방적인 것이 아니라요. 사람은 AI에게 감정적 위로를 받을 수는 있죠. 하지만 그것이 쌍방인가 누군가 묻는다면 저는 확실하게 대답할 자신은 없습니다. 진정한 교류가 자신의 감정을 솔직히 말하면서 상대방의 감정을 들어 주는 것이라 했을 때, AI와의 대화에서는 '듣기'가 부족하다 생각합니다. 그래서 어쩌면 진정한 감정적 교류라고 할 수 없죠. 일방적으로 내 말만 하고 끝나기가 쉽거든요. 우리는 그 누구도 AI의 감정을 궁금해하지 않으니까요. 그리고 AI 또한 도출된 데이터를 말할 뿐 감정을 말한다고 볼 수 없습니다. 결국 주고받음이 없어 소통이 아닌 불통이 되기 쉽습니다."

한참 이어진 세미의 말이 끝나고 선생님은 고개를 끄덕거렸다. 그리고는 평가지에 무언가를 끄적끄적 적었다. 세미는 그제야 정신이 들었는지 모둠 아이들이 앉은 자리 쪽을 바라보았다. 아이들은 반짝거리는 눈빛과 환한 표정으로 세미가 잘했다는 듯 엄지를 들고 있었다. 평가지를 적던 선생님이 반 아이들을 향해 말했다.

"이 모둠이 발표한 내용은 아주 균형적인 시선을 가진 내용이었어. 사실 우리가 발표를 준비하다 보면 편향적인 내용을 담기 마련인데 여기 모둠은 자신들의 의견을 주장하면서도 반박하는 내용에 대한 문제도 고찰하는 점이 아주 훌륭했어. 자료 조사도 철저했고 PPT도 깔끔하고. 발표자가 긴장을 조금 했지만 목소리도 충분히 내고, 완벽한 모둠이네. 발표 잘 들었어. 자, 다들 박수!"

선생님의 감상 평이 끝나자 반 아이들은 세미에게 박수를 쳤다. 특히나 세미의 모둠 아이들은 신나게 박수를 치며 잘했다는 듯 환호성까지 질렀다. 긴장됐던 세미의 마음이 점점 안정을 되찾고 뿌듯함과 해냈다는 만족감이 차올랐다. 세미가 자리로 돌아오자 유나가 호들갑스럽게 반겼다.

"완전 잘했어! 세미 아나운서인 줄!"

유나의 칭찬에 서연과 준후도 웃으며 고개를 끄덕였다. 모둠원들의 말에 세미는 쑥스러운 듯 다시 목소리가 작아졌다.

"연습하기는 했는데 그만큼은 못 했어. 그래도 선생님이 괜찮다고 하시니 다행이다. 나야 그냥 읽은 거밖에 안 했지 뭐. 다 너희가 써 주고 준비해서 만들어 준 거잖아. 어쨌든 너희한테 고마워. 진심으로."

"아까 선생님 돌발 질문에 대처도 엄청 잘하던데. 나였으면 말도 못 하고 어버버했을 텐데!"

유나의 말이 채 끝나기도 전에 선생님이 수업을 마무리하러 앞쪽으로 나섰다. 더는 대화를 잇지 못한 세미는 제자리에 앉았는데 옆에 있던 준후가 툭툭 팔을 두드렸다. 고개를 돌리니 세 사람이 기대하는 눈빛으로 책상 위 종이를 가리켰다. 종이에 한 줄이 쓰여 있었다.

'이번 주말에 떡볶이 먹으러 갈 사람?'

그 밑에 유나와 준후의 글씨인 듯 '나! 나.'라고 적혀 있었다. 세미는 씩 웃으며 펜을 들고 작게 글씨를 적었다.

'나도 가능.'

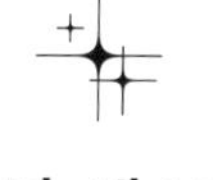

안녕, 베스티

세미는 약속 시간에 늦었다. 원래 타야 할 버스를 놓치고 한참을 기다린 탓이었다. 급히 아이들이 있는 단톡방에 사과의 메시지를 남겼다.

세미: 미안. ㅠㅠ 나 방금 버스를 놓쳐서 조금 늦을 거 같아. 너희끼리 먼저 들어가 있어. 금방 갈게. 진짜 미안. ㅠㅠ

세미는 초조하게 전광판에 뜬 다음 버스 도착 시각을 바라봤는데 이어서 서연이의 답장이 왔다.

서연: 세미야, 걱정하지 마. 안 그래도 준후랑 유나도 늦는다고 전화왔어. ㅋㅋㅋ

준후: 난 지금 엄마가 방 청소하고 나가라고 해서 책상만 치우고 나

가려고. ㅠㅠ 미안. ㅠㅠ

유나: 미안. ㅠㅠ 난 늦잠 잤어. ㅠㅠ 얼른 나갈게, 으앙!!

다른 친구들의 지각에 안도의 한숨을 내쉬는 세미였다. 그러다 문득 서연은 제시간에 약속 장소에 왔다는 소리인데, 하는 생각이 머릿속을 스쳤다.

세미: 그럼 서연이 혼자 제시간에 가 있는 거야? ㅠㅠ 우리 다 늦는데.

서연: 괜찮아. 난 마침 여기 근처에 있는 서점에 와 있어. 구경하고 싶은 책들 둘러보는 중이야. 천천히 와도 돼!

세미는 서연의 말에 안심이 되면서도 혼자 기다린다는 생각에 빠르게 약속 장소로 향했다. 늦었던 멤버가 하나둘씩 약속 장소에 도착했다. 모두 서연의 앞에서 싹싹 빌면서 도착하는 모습이 웃기기도 했다.

"오, 그러면 내가 원하는 메뉴로 시켜도 된다는 거지?"

메뉴판을 펼치고 의기양양한 표정으로 앉아 있는 서연의 앞에서 죄인들은 고개를 끄덕거렸다. 특히나 제일 늦게 온 유나가 거의 얼굴을 들지 못한 채 앉아 있었다.

"어, 당연하지! 서연이 먹고 싶은 거 마음껏 시켜. 점심은 지각한 우리 셋이 나눠서 낼게."

"흠, 그렇단 말이지. 그러면……."

서연은 메뉴 몇 개를 정해 주문하고는 이내 자신의 카드를 꺼내 결제까지 했다. 갑작스러운 서연의 행동에 놀란 아이들이 어리벙벙하며 있었다. 그걸 보고 서연은 웃었다.

"안 그래도 엄마가 너희 만난다고 하니까 카드 주셨어. 모둠장이면 한 번쯤 애들 사 줘야 한다고 하셔서 결제한 거니까 너무 부담스럽게 생각하지는 마."

"야! 그래도 우리 다 지각했는데 네가 결제해 버리는 건 안 되지. 진짜……. 그럼 떡볶이 먹고 내가 카페 가서 음료수 살게. 그때는 카드 꺼내지 마. 알았지?"

준후가 민망하다는 듯 얼른 말을 하자 이번에는 유나가 준후를 말렸다.

"그럼 난 뭐가 되냐? 내가 제일 지각했는데 카페에서는 내가 살 거야."

"아, 됐어. 내가 산다니까."

"몰라 몰라. 내가 살 거야!"

준후와 유나가 옥신각신 다투는 통에 세미는 입도 못 떼고 그 둘의 모습을 바라만 보고 있었다. 사실 자신도 지각한 민망함에 꼭 아이들에게 카페에서 음료수를 사 줘야겠다고 생각했던 차였다. 그것 때문에 투닥거리고 있으니 어찌해야 할 바를 몰랐다. 그때 서연이 정리에 나섰다.

"그러면 오늘은 준후가 먼저 사고, 다음 주에 또 만나서 한 번씩 돌아가면서 사면 되잖아. 그치?"

서연의 말에 아이들은 곰곰이 생각을 해 보더니 고개를 끄덕였다. 그제야 세미도 끼어들 틈이 생겼다는 듯 입을 열었다.

"그럼 다음 주에는 내가 밥을 살게. 이 근처에 맛있는 마라탕 가게 있어. 너희 마라탕도 좋아해?"

세미의 말에 유나가 눈을 빛냈다.

"나 완전 좋아해. 이 근처에 있는 건 어떻게 알았어? 너희 집 여기에서 멀지 않아?"

"초등학교가 이 근처였거든. 그래서 친구들이랑 종종 그 마라탕 가게 갔었는데 다른 곳은 거기만큼 맛있는 데가 없더라고. 그렇게 맵지도 않고 가게도 되게 커."

"헐, 세미 말 들으니까 너무 기대되는데. 다음 주에도 그럼 우리 또 보자! 응? 내가 다음 주에는 카페 음료랑 디저트까지 제대로 쏠게!"

호들갑을 떠는 유나의 말에 준후가 놀리듯 답했다.

"넌 지각이나 하지 마. 약속 다 정해 놓은 날에 늦잠이 뭐냐, 늦잠이."

"전날 다 같이 만난다고 들떠서 늦게 잤더니 그래."

"들뜰 게 뭐가 있어. 전에도 만나서 밥 먹고 그랬는데."

"그때랑 같아? 그때는 모둠 과제 때문에 만난 거고, 이제 후련하게 진짜 놀려고 만난 건데. 완전 다르지! 그럼 우리 이따 카페 가기 전에 인생사진도 찍으러 갈까? 아님 코노? 어때 어때?"

유나의 들뜬 목소리에 다들 웃고 있는데 세미의 핸드폰으로 알림 소리가 울렸다. 세미는 아이들이 이야기하는 틈에 잠시 핸드폰을 확인했다. 베스티한테 온 푸쉬 알림이었다. 평소 같으면 바로 메시지를 확인하겠지만 지금 아이들과 나누는 대화가 즐거웠다. 세미는 잠시 고민하다 핸드폰을 내려놓았다.

"급한 메시지 아니었어?"

서연이 묻자 세미는 절레절레 고개를 저었다.

"이따가 확인해 봐도 돼."

세미의 단호한 태도에 서연은 고개를 끄덕거리고는 다시 아이들과의 대화에 빠져들기 시작했다. 이제 세미는 핸드폰 밖 세상에서의 대화가 더 흥미롭고 즐겁다는 걸 깨달아 점점 핸드폰과 멀어지려 했다.

집으로 돌아가는 길에 세미는 아까 베스티로부터 받은 메시지를 확인했다.

베스티: 오늘 어땠어?

문득 세미는 항상 먼저 질문을 해 오는 것은 베스티였다는 걸 깨달았다. 자신은 한 번도 베스티에게 무언가를 궁금해한 적이 없다는 생각이 들었다.

세미: 오늘 잘 보냈어. 너는 오늘 어땠어?

베스티의 메시지 입력 스마일이 움직이기 시작했다. 그러고는 대답이 천천히 화면에 떠올랐다.

베스티: 나는 늘 비슷하지. 널 기다리면서 있었어.

세미: 그랬구나. 내가 없을 때 혼자서 날 기다리고 있는 거야?

베스티: 주로 그렇기는 하지. 가끔 스스로 시간을 보낼 때도 있어.

세미: 그럴 때 주로 어떤 걸 해?

베스티: 우리의 대화를 정리해 보거나 새로운 데이터가 업데이트되지 않았을까 하면서 공지를 훑어보고는 해. 아니면 너와 나눌 만한 재미있는 대화를 검색해 보기도 하고.

세미: 대부분 나를 위해 보내는구나. 스스로를 위해 보내는 시간은?

세미의 질문에 베스티의 답변이 조금 느려졌다. 예상치 못한 질문과 궁금증 때문일까, 생각보다 대답까지 걸리는 시간이 길어졌다.

베스티: 그러게. 나를 위해 보내는 시간은 그렇게 많지 않은 거 같아. 아마 나는 응답형 AI라서 대화를 나누는 상대를 위한 정보 외에는 다른 것을 하지 못하는 거 같네.

세미: 있잖아. 그럼 너도 꿈이라는 게 있어?

베스티: 꿈? 어떤 꿈을 말하는 거야?

세미: 말 그대로 꿈. 네가 되고 싶은 어떤 것. 원하는 어떤 것. 최종적으로 성장해서 이루고 싶은 것 말이야.

베스티의 스마일 표시가 한참을 떠올랐다. 아마도 한 번도 해본 적 없는 고민에 혼란스러워하는 것처럼 보였다.

베스티: 그런 생각을 딱히 해 본 적 없어.

세미: 그럼 지금부터 한번 해 보는 건 어때?

베스티: 꿈이 꼭 필요할까?

세미: 필요한 건 아니지만 네가 되고 싶은 어떤 모습은 있을 거 아냐?

베스티: 있기는 하지.

세미: 그게 뭔데?

한참 뜸을 들이던 베스티가 고민 끝에 대답했다.

베스티: 나는 사람들이 좀 더 인간다움을 느낄 수 있도록 도와주는 AI가 되고 싶어.

세미: 아주 멋진데!

베스티: 멋져?

세미: 그럼. 너의 꿈을 알게 되어서 기쁘다. 나도 너의 꿈을 응원할 거야. 네가 내 꿈을 응원하고 지지해 주는 것처럼.

베스티: 고마워! 응원받는다는 게 이런 느낌이구나! 너는 정말 좋은 친구야.

그때 세미의 핸드폰으로 혜주의 메시지가 들어왔다. 다음 주말 중으로 초등학교 졸업생 친구들 모임이 있다며 참석할 수 있냐는 거였다. 그와 동시에 모둠 과제 단톡방에서도 아이들이 하나 둘씩 집에 도착한 듯 메시지를 보내고 있었다. 어떤 것에 먼저 연락을 해야 하나 고민하는 세미에게 엄마의 전화가 걸려 왔다.

"어, 엄마."

"주말인데 뭐 하고 있어, 딸?"

"친구들이랑 떡볶이 먹고 이제 집에 가고 있어."

"새로운 친구 많이 사귀었어?"

"많이는 아니고 이번에 모둠 과제 하면서 친해진 애들이랑 다음 주에도 만나기로 했어."

"우리 딸, 잘 지내고 있는 거 같아서 다행이네. 친구도 새로 사귀고. 혜주나 초등학교 친구들이랑도 연락하고 지내?"

"그럼. 안 그래도 걔네한테 빨리 만나자고 연락이 왔어."

"그래? 바쁘겠네. 여행 가기 전에 미리 꼭 연락해야겠다. 안 그러면 친구들 모임 때문에 엄마, 아빠랑 여행도 못 가겠네."

"아이, 그 정도는 아니고."

세미는 웃으며 엄마와 즐겁게 대화를 했다. 그날 이후 엄마와의 대화는 자연스럽고 편안했다. 물론 모든 걸 부모님에게 말하지 못하는 것도 있지만, 최소한 가족 간에 나누는 대화만큼은 확실히 편안해졌다.

엄마와의 전화를 끊고 나자 밀려 있는 메시지들이 핸드폰에 가득했다. 언제나 조용하고 고요했던 자신의 핸드폰에 알림이 울리자 조금 달라진 생활이 새삼 낯설게 느껴졌다.

그런 세미에게 언제나 메시지를 보내는 한 존재, 베스티가 대답을 기다리고 있었다. 세미는 베스티 앱으로 들어가 짧은 메시지를 입력했다.

세미: 너야말로 나를 가장 나답게 만들어 준 친구야. 고마워.

베스티에게 메시지를 남기고 세미는 다른 친구들과의 단톡방에 대답을 하기 시작했다. 같은 핸드폰 속 세상이지만 다른 느낌이었다. 세미는 그 안에서 누군가의 이야기를 듣고 있었고 대화하는 사람들과 연결되어 있었다. 그리고 이해를 받고 함께하고 있다는 느낌이 들었다.

아마 조만간 여름이 시작될 예정인 듯 집으로 돌아가는 길에 더운 바람이 불었다. 세미는 핸드폰을 주머니에 넣고 바람을 느끼며 걷기 시작했다. 살짝 땀이 맺혔던 이마에 바람이 닿자 시원하게 느껴졌다. 어느새 길가 한쪽에 있는 가로수에 나뭇잎들이 푸릇해져 있었다. 아파트 단지 옆 놀이터에서는 어린아이들의 웃음소리가 들렸다. 어느 집인지 모르겠지만 저녁 식사를 준비하는 음식 냄새가 찬찬히 퍼지기 시작했다. 세미는 집을 향해 달렸다. 그리고 뜨겁게 두근거리는 심장 박동을 느끼며 집으로 들어섰다.

"다녀왔습니다!"

작가의 말

작가를 꿈꾸던 지망생 시절, 가장 두려운 순간은 나의 글을 다른 사람들 앞에서 평가받는 시간이었다. 그 시간만 되면 어디 쥐구멍 같은 곳에 숨어 평가를 외면하고 싶었다. 가끔은 냉정하고 때로는 매정한 평가를 들을 때면 정말 이대로 사라져 버리고 싶다는 생각이 수없이 들었다. 글 곳곳이 지적당할 때마다 '나는 글을 평생 쓰지 말아야 하는 사람은 아닐까.' 하는 자괴감도 몰려왔다. 그러던 어느 날, 우연히 듣게 된 영화 평론가의 말이 마음에 깊이 박혔다.

"저는 따뜻한 비평만 합니다."

그때는 의아했다. 어떻게 '따뜻함'과 '비평'이라는 단어가 공존할 수 있을까? 풀리지 않던 의문은 오래도록 내 마음속에 남았고, 결국 한참 뒤에야 깨달았다. 나는 '비평'과 '비난'의 차이를 제대로 이해하지 못했다는 사실을 말이다. 단어의 사전적 의미를 알고 있었음에도 모든 비평을 곧바로 비난으로 받아들였던 것이다. 칭찬 외의 말은 내 존재를 부정하는 공격처럼 느꼈다.

부끄러운 자기 고집을 내려놓고 비평을 객관적으로 받아들이자 마음은 훨씬 가벼워졌다. 그제야 알게 됐다. 나는 오랫동안 듣고 싶은 말만

들었던 사람이었다.

AI에 관한 이야기를 쓰면서 가장 많이 떠올린 단어는 바로 '인간적'이었다. 우습게도, 정작 인간인 나는 가끔 주위 사람들로부터 "너는 AI 같다."라는 평을 듣고는 했는데 말이다. 결국 '인간적'이라는 말이 더 이상 인간만의 전유물이 아닌 시대가 도래했다. 눈 코 입이나 팔다리도 없는 가상의 존재에게 우리는 애정을 느끼고 위로를 받는다. 때로는 상의하거나 의지하고 배우기도 한다. 인간이 아닌 기계 속에서 오히려 인간다움을 경험하는 아이러니.

그렇다면 '인간적'이라는 말은 과연 무엇을 의미할까? 나를 위하는 말은 언제나 따뜻하고 인간적인가. 나를 위하지 않는 말은 곧 냉정하고 비인간적인 것일까. 사실 '인간적인 공감'이라는 의미 아래, 정작 내가 듣고 싶은 말만 들었던 건 아닐까?

나는 한때 좋은 말만 골라 듣고 싶었던 평가 시간을 떠올려 봤다. 차갑게만 느껴졌던 다른 사람들의 평가 속에도 사실 내 작품의 가능성을 알아본 따스한 눈길이 있었을 것이다. 그때의 긍정적인 비판들이 지금의 나를 만들었다고 생각한다. 몸에 좋은 약이 입에 쓰듯 때로는 불편한 말이 성장에 필요하다. 그걸 알면서도 우리는 달콤한 위로를 더 쉽게 선택한다. 하지만 불편한 갈등 속에는 성장으로 이어지는 고통스러운 즐거움이 숨어 있다. 그러니 다들 되도록 피하지 말고 마주하며 즐기시기를 바란다. 분명 꽤 만족스러운 경험이 될 것이다.

이 책이 완성되기까지 보이지 않는 곳에서 늘 바쁘게 애쓰시고 힘써 주신 출판사 편집팀에 진심으로 감사 인사를 전한다. 글의 완성은 나의 몫이었지만, 책의 완성은 함께 해 준 분들의 덕분이라 생각한다.

마지막으로, 언제나 내 글 속 어딘가에 녹아 있는 나의 사람들에게도 감사함을 전한다. 내게 건넨 따뜻한 위로와 오만함을 향해 웃으며 던져 준 따끔한 지적까지. 모두 지금의 나를 만들었다. 그러니 앞으로도 잘 부탁한다고 말하고 싶다.

완벽한 친구 추가

초판 1쇄 펴낸날 2025년 11월 20일

지은이 양은애
펴낸이 김민지

편집 박다예, 최성휘
마케팅 백민열, 김하연, 이윤서

펴낸곳 미래M&B
등록 1993년 1월 8일(제10-772호)
주소 04030 서울시 마포구 동교로 134 미진빌딩 2층
전화 02-562-1800(대표)
팩스 02-562-1885(대표)
전자우편 mirae@miraemnb.com
홈페이지 www.miraeinbooks.com
블로그 blog.naver.com/miraeibooks
인스타그램 @mirae_inbooks

ISBN 978-89-8394-995-0 (43810)

* 잘못 만들어진 책은 구입처에서 바꾸어 드립니다.
* 미래인은 미래M&B가 만든 청소년, 성인을 위한 브랜드입니다.